淇水汤汤

丙申冬日翟素梅

河南文艺出版社

· 郑州 ·

图书在版编目（CIP）数据

淇水汤汤/左建亮著. —郑州:河南文艺出版社，
2017.7（2019.9 重印）

ISBN 978-7-5559-0564-6

Ⅰ.①淇…　Ⅱ.①左…　Ⅲ.①长篇历史小说–中国–当代　Ⅳ.①I247.5

中国版本图书馆 CIP 数据核字（2017）第 155698 号

出版发行　河南文艺出版社
本社地址　郑州市郑东新区祥盛街 27 号 C 座 5 楼
邮政编码　450018
承印单位　三河市兴国印务有限公司
经销单位　新华书店
纸张规格　700 毫米×1000 毫米　1/16
印　　张　13
字　　数　170 000
版　　次　2017 年 7 月第 1 版
印　　次　2019 年 9 月第 2 次印刷
定　　价　36.00 元

目 录

1

第一回　帝辛克东夷
沫邑改朝歌

公元前 1600 年,商汤灭夏,建立了中国历史上第二个奴隶制王朝——商。

与夏不同,商乃征伐立国,通过征伐扩大疆土,巩固统治。

商建立后,因各种原因,曾多次迁都:汤初建国时,定都于亳(今河南商丘);中丁迁都于隞(今河南荥阳);河亶甲迁都于相(今河南内黄);祖乙迁都于邢(今河南温县);南庚迁都于奄(今山东曲阜);盘庚迁都于殷(今河南安阳小屯);最后帝乙迁都于沫(今河南淇县),直至商灭亡。

沫,又称沫邑。"沫邑"之"沫",得名于沫水。沫邑之西有两处泉,一处为肥泉,溢出的水流经城南,注入卫河,因其水量较大,曰沘水。另一处为三股泉,溢出的水流经城北,注入护城河,因其水量较小,曰沫水。沫水之流虽细,却因民众日常用水多取之于此,久而久之,便以其名代指王都。

帝乙定都沫后,通过不断征战,南方、北方基本臣服,只有东夷时服时叛,其势力控制着淮河、泰山一带,大有向中原继续扩张之势。帝乙虽也曾对其用兵,但始终未能彻底征服。

帝辛,也就是后人所称的"殷纣王",继承了帝乙的王位后,先用几

1

年时间整顿朝纲、肃清异己,坐稳江山后便开始征粮蓄草,练兵备战。

帝辛十祀,八月的沫邑竹林苍翠,秋高气爽。

九间殿上,帝辛独坐于榻上,文武大臣分列两班,一派庄严肃穆。

帝辛道:"诸位爱卿,今日可有事奏?"

太师闻仲两手擎笏,身体微俯,从右出班曰:"臣闻仲有本上奏。"

帝辛道:"讲。"

闻仲报曰:"边关来报,东夷的人方、林方犯我边境,掳我子民两千四百口,掠牛七千头、羊四万只、猪六千五百头,抢走黍麦无数。"

帝辛怒道:"自先王以来,东夷屡次骚扰我民,掳掠财物,烧我村寨,着实可恨。孤欲亲征,制服东夷,以彰显我大商王威,众卿以为如何?"

左相商容向前一步,奏道:"大王自继位以来,重农扶桑,国富民安,天下八百诸侯无不称臣。东夷小国,骚扰边境,不足为患,纵然讨伐,实不值大王亲征,派一员大将前去即可。"

帝辛拈了一下短须,道:"灭一小方,本不用劳师动众,只是孤早想出去活动下筋骨,众卿无须忧心。"说着环顾殿内,目视比干道:"少师,目前军粮储备如何?"

比干出班,曰:"目前王都储粮六百万石,方邑储粮一千万石,关哨储粮二百万石。今年的秋粮正在征收,经占卜,预计可入库八百万石。"

帝辛龙颜大悦,道:"甚好甚好!闻太师,孤命你为主将,黄飞虎为副将,即日起征调七万兵士,连同常备军三万,组成十万大军,做好征战准备。命少师比干拨付军粮八十万石,责殷破败为督粮官,供应前线。父师箕子,对伐夷一事尽快进行占卜,选好出师日期,及时报孤。王兄微子,备好牛、羊等祭品,做好祭祀准备。"

群臣山呼:"大王英明。"

散朝后，箕子径直赶往卜室。

卜室就在宗庙旁边的一处院子里。箕子进院，便见古老的银杏树下，七八个卜人有的在锯切兽骨，有的在刮磨龟甲……

卜师琴应见箕子进来，笑迎道："不知父师到来，有失远迎。"

箕子摆手道："免礼，免礼。"

琴应忙向室内喊道："太卜，父师大人到。"

遂见一位鹤发童颜的老者从室内移步而出，作揖道："在下景如松这番有礼了。"

箕子扶起景如松，一同进入室内。待两人坐定，年轻的卜人鲁启斟了两碗茶，置于案上。

箕子问道："景老，上个月征取雀方的龟甲送来否？"

景如松道："前日已经送到，征取四百个，入贡五百个。"

箕子揭开盖子，吹了一下碗中的茶，道："这次，老家伙还算识相。只是不知龟甲的品相如何？"

景如松道："俱是上好的龟甲。"

箕子道："如此甚好。今日早朝，大王命占卜出征东夷的吉日，正好用上。"

景如松凝色道："这东夷路途遥远，不知大王欲派何人领兵？"

箕子道："此次大王要亲征，占卜时要用灵龟之甲，不能有任何差池。"

景如松点头道："那是，那是。我即刻就去办。"

景如松遂命人把火生旺，又招来琴应，取出一块上好的龟背之甲，先用刀在反面轻轻凿出两列与龟甲中缝相平行的枣核状凹槽，又用钻紧贴槽的内侧小心地钻出两列圆形的坑儿。准备停当后，景如松手捧龟甲，放于神案之上，亲自焚香，并念念有词，进行祷告。琴应拿着烧红的火叉，在坑槽处依次进行灼烙，不多时，龟甲的正面便出现了许多裂纹。

琴应双手捧甲,同箕子、景如松等一起走到室外,在阳光下仔细观察卜纹的走向。

箕子问:"卜兆如何?"

琴应指着凿处的裂纹道:"从兆干来看,出征的月份利在九月。"然后又指着钻处的裂纹道:"从兆枝来看,出征的日期利在十六日。"

箕子转向景如松,问:"太卜的意见呢?"

景如松答道:"琴应所言极是。依卜甲纹理看,兆干粗犷,兆枝激昂,此卜为吉兆,征夷必克。"

箕子面露喜色,道:"善,你们速将叙辞和命辞刻于卜甲之上,待我明日报与大王决断。"

帝辛闻报,即定于九月十六日出征。

十六日一早,沫邑城内便人来人往,一派繁忙景象。

卯时前,十万大军集结完毕。

卯正时分,帝辛在侍卫的簇拥下,威风凛凛地走出王宫。

小乙宗门前,闻仲、箕子、商容、杜元铣、比干、黄飞虎、微子、费中等文武大臣分列两旁。

见帝辛至,商容迎上前,道:"诸事已准备妥当,请大王执仪。"

帝辛边走边道:"孤出征这段时日,朝中大小事宜,就由左相与众爱卿商议决定吧。"

商容屈身道:"臣遵旨。"

入小乙宗,便见前庭的鼎内正"咕嘟嘟"炖煮着祭品。

帝辛上前,将煮熟的牛头、羊头、猪头取出,依次献于成汤的牌位前。

镛钟声起,帝辛净手,从微子手中接过高香,置火把之上点燃,插到几案前的香炉里,左手持香,右手持铲埋上沙土,待香立稳后方松手。转瞬间,宗内氤氲缭绕,香气扑鼻……

群臣随帝辛一起,跪拜成汤。

拜毕,帝辛注视着成汤之像,道:"高祖建我大商,驯服四海,功德无疆。今受德出征,愿先帝佑予,得胜回朝。"祈祷完毕,双手举爵,以酒浇地。

礼毕,帝辛率群臣出了宗庙,来到宫外。帝辛戴上铜盔,披上锦甲,跨上独辀双马战车,行于前;闻仲骑墨麒麟、黄飞虎骑五色神牛紧随其后。待至大军前,帝辛举起金背刀,气宇轩昂地向士兵喊道:"将士们!东夷小国,犯我王土,扰我子民,掳我牛羊,可恨否?"

众将士齐呼:"可恨!"

帝辛又道:"今日我等秉承天命,东征伐夷,踏平人方,可有信心?

众将士齐呼:"有!"

接着,闻仲又带领众将士振臂高呼:"踏平人方!踏平人方!"一时间喊声震天。这时,微子率一队刀斧手,押解着三十个羌人从旁而出,在三军前一字排开。三十个羌人皆被绳捆索绑,叽里呱啦喊着什么。

微子来到帝辛的战车前,问道:"大王,天已破晓,是否祭旗?"

帝辛单手横刀,一声令下:"祭旗!"

只见刀斧手手起刀落,羌人个个人头落地,颈血喷涌而出……刹那间,全场热血沸腾!

祭罢战旗,闻仲金鞭一挥,道:"出发!"

只见马扬前蹄,车轮滚动,将士们开始了东伐的征程。

一路之上,彩旗招展,盾牌闪闪,戈戟辉辉。帝辛带领大军越清水、渡黄河、穿密林、过平川,跋山涉水,历时多日,到了攸。

攸侯喜出城三十里迎接。

帝辛命大军先在攸稍作休整,补充给养,待会合各方国之兵后,即开赴前线。

5

大战前,帝辛将所有兵力合为三师:左师由黄飞虎率领,陈桐、雷开、黄天化为副将;右师由闻仲率领,韩荣、张凤、晁田、晁雷为副将;他本人亲自统领中师,张桂芳、窦荣、方弼、方相为副将。每师四万人,配战车十八辆、骑兵三百人、象队一支。如此精兵、良将、利器之下,商军仅用五天时间,就全歼了林方大军,刺杀了林方首领豕加。随后又用十二天时间,便消灭了人方的主力军,生擒其首领无敄,且在人方的属邑——旧举行了大型田猎活动,进一步肃清了人方的残余。

田猎结束后,帝辛与闻仲、黄飞虎等人回营。

帝辛边走边对黄飞虎说道:"孤欲将你长子天化留下,授五千兵卒,戍守淮北,如何?"

黄飞虎道:"化儿年轻,恐不堪此任。"

帝辛笑道:"卿所言差矣,自古'将门出虎子',正该借此历练历练,来日才堪大用。"

黄飞虎拱手道:"谨遵大王之令。"

帝辛遂命闻仲拨一队人马给黄天化,留居淮北,镇服东夷。

翌日,帝辛便辞别攸候,带领大军驱赶着数万俘虏,返回沬邑。

五月,大军已近王畿。

将士们思乡心切,不由得加快了脚步,日夜兼程。

这日,闻仲见已是子夜,便向帝辛奏请:"大王,夜色已晚,是安营休息,还是继续行进?"

方弼抢话道:"离王都只有两三个时辰的路程了,将士们归乡心切,还是继续行进吧。"

黄飞虎戏言道:"不是归乡心切,而是思妻心切吧?"一句话,把方弼说得脸都红了。

帝辛调笑道:"霸王虎,你留子于东夷,小心回去夫人不依啊!"黄飞虎"嘿嘿"一笑,众将也跟着起哄起来。

转眼间,红日破晓、朝霞满天。大路两旁的田地里麦浪滚滚,金黄的麦穗一眼望不到边。

闻仲慨叹道:"去年出征时,稻谷刚刚入仓。今日凯旋,则要开镰收麦了。时间过得真快啊!"

这时,队伍中隐约传出歌声:

天命玄鸟,降而生商,宅殷土芒芒。

帝辛十祀,商王亲征,一举平夷方。

四海之土,莫敢不来享,莫敢不来王,曰商是常!

始时,似乎是一个人在唱;其后,有几人跟唱起来;再其后,跟唱的人越来越多;最后,几乎所有的将士都唱起来。歌声激昂,许多人眼中都闪出了泪花。

帝辛亦感慨道:"晨歌不是酒,然而让人醉啊!"

然后,帝辛望着众将道:"孤出征时迎着朝阳,今孤凯旋又闻凯歌。朝阳凯歌,真美景也! 孤欲将王都之名改为朝(zhāo)歌,众卿以为如何?"

闻仲道:"朝歌朝歌,朝阳凯歌,有繁荣昌盛之意,着实美名。"

黄飞虎道:"沫之水,从小里说尚不如淇,从大里说名不过河,沫邑之称,是该改改了。以'朝歌'为名,气派响亮,意境优美,真乃美名也!"

正说着,突闻马声嘶鸣、蹄声阵阵,远处忽现一队人马。

帝辛暗思:"孤出征仅数月,难道就已恶霸横行、蟊贼当道不成?"遂扭头唤道:"雷开,前去看看,是何人不要命了,敢挡孤回朝。"

7

第二回　董老汉献酒　黄贵妃生女

雷开得令,催马上前一探究竟。老远看见,为首的两人分别骑跨在骏马之上。

雷开高声喊道:"何方贼人,敢拦我王师道路?"

骑白马者哈哈大笑,在马上拜曰:"雷开,远途劳顿,辛苦辛苦!"

雷开听声音好生熟悉,定睛一看,原来是太子殷郊和二王子殷洪,自知失言,脸涨得通红,急忙掉转马头,带二人去见帝辛。

殷郊、殷洪下马,跪地稽首,向帝辛道:"父王千里远征,辛苦了!"

帝辛大悦,挥手道:"快快起来。"

殷郊、殷洪起身至帝辛车旁。

殷郊道:"听闻父王回朝,我与二弟一夜未眠,为早些见到父王,四更即出城来,不想在此得遇父王。"

闻仲道:"二位王子跑这么远来迎大王,足见一片孝心。"

帝辛喜道:"我儿长大了啊!"

过了沧水,又行不到一个时辰,便隐约可见王都南门。城门外鼓声震天,群臣列队迎接,道路两旁挤满了闻讯而来的民众。

帝辛的车驾行至一棵大槐树下时,一个身着对襟短衫的老汉,抱着酒坛子奋力向前挤着,嘴里高声喊道:"大王,大王!"

帝辛闻之,摆手问道:"何故?让他近前说话。"

老汉抱坛而入,伏在帝辛车前,山呼"大王万岁",随后高声道:"上次大王征有苏回还时,我董家的米酒刚刚封窖,想献酒未曾赶上。今大王伐夷凯旋,正好我家米酒开窖,这次说什么也不能再错过了。今日特奉上米酒十坛,以表我等殷民的忠心。"

帝辛命左右奉上老汉的酒,接坛开塞,尝了一口,啧啧赞道:"还是家乡的美酒清香味正、绵甜甘醇啊!"遂仰头饮了半坛,高声道:"着实不错,着实不错!其余几坛赏给将士们吧。"

及近南门,群臣跪地,山呼"万岁"。帝辛挥手,群臣起身。

传令官喊:"请微子上前答话。"

微子上前。帝辛问道:"今日该祭哪位先王?"

微子回道:"该祭帝小辛。"

帝辛道:"好,待孤回宫,沐浴更衣。你们速去准备,日中时献俘祭祖。"

微子称"是"。

传令官又喊:"请少师比干上前答话。"

比干上前。帝辛道:"卿和杜元铣回去准备,明日早朝,孤与你们商议一下当前政事及将士行赏事宜。"

比干称"是"。

帝辛又回头道:"闻太师,你率将士们先行回营,歇息一日,待明日论功行赏后,再表功回乡。"

闻仲称"是"。

将士们入南门,各归其营。

宫门口,姜王后及二妃已等候多时。见帝辛车驾至,姜王后疾步上前,盯着身材魁梧、体格健壮的帝辛左看右看。

帝辛笑曰:"怎的,不认识孤了?"

姜王后微微一笑,努着嘴道:"黑了,瘦了!看大王,也不知道爱惜自己。"

帝辛拉着姜王后的手道:"孤知王后爱吃獾肉,田猎后特留下几只,关在笼中,明日让人烹调与你。"

姜王后心甜似蜜,道:"亏大王还记挂妾,快回宫沐浴更衣吧。"

帝辛笑曰:"怎么,想孤了?"

姜王后面色绯红,道:"众人皆在,大王说话也不知避讳些。"

帝辛嬉笑道:"知也,知也!"说着,又拉起黄贵妃的手道:"爱妃有孕在身,怎的也出来迎接?"

黄贵妃娇嗔道:"不是怕大王忘了妾嘛!"

帝辛刮了一下黄贵妃的鼻梁道:"忘不了,忘不了,孤怎会忘记自己的枕边人呢?"说完,帝辛又握住杨贵妃的手臂道:"贵妃的腰疾可好些了吗?"

杨贵妃道:"好一阵,歹一阵,勉强走得动路吧。"

帝辛扶着杨贵妃,边走边说:"爱妃要注意身体,睡前多泡泡脚,让宫女多给你揉搓揉搓。"

杨贵妃道:"谢大王关心,妾谨记便是。"

帝辛收拾妥当后,便随近侍朱升赶往小辛宗。

小辛宗位于王宫东南,和大乙宗一样,也是坐北朝南。进门为一照壁,上有祥瑞图案;院内立有石兽,植有松柏,四周环以红墙;最北侧是庙堂,为茅草顶、夯土墙的庑殿式房屋。

帝辛在群臣的簇拥下进入宗庙,摆好各色祭品,焚香祈祷。祈祷毕,回头问微子:"敌酋无救的人头还没有送来吗?"

微子正欲应答,就听外面有人喊道:"人方头目的人头到!"随着话音,一黑壮大汉提着血淋淋的人头走了进来。礼官赶紧用铜盘托住人头,递给帝辛。

帝辛接过铜盘,郑重地放在小辛牌位前的几案上,朗声道:"先祖小辛在上,受德在这里给您报喜了。予出征九个月,踏平了林方,剿灭了人方,带回一颗鲜活的人头。现东夷安定,四海宾服,予没有辜负先王的期望,请先祖放心。"语毕,伏地叩首,举爵浇酒。

礼成,君臣欢喜而出。

次日,帝辛早早就上了朝。坐定后,便向群臣道:"孤在外这些日子,朝中情形,传谕官陆续报了不少。诸位爱卿辛苦了!今孤已归来,有事尽管奏来。"

比干首先奏道:"自大王出征后,我等在朝臣子皆牢记大王教诲,谨遵大商法令行事。据开春后的人口簿来看,我大商目前在册人口为七百八十万,是商初的一倍左右。王都常住人口十四万,与上年基本持平。大商人丁兴旺、国运兴隆,实乃君之福、民之祉也。大王这次伐夷,功比尧舜,有成汤之遗风、武丁之神威,举国仰望,应造鼎以记之。"

帝辛道:"善。"

比干又说:"去年秋季多雨,东部方邑发生涝灾,秋粮减产,勉强征粮七百万石。为战事,支出粟稻一千三百万石,差额已从储备库中支取。为鼓励开垦荒田,恳请大王从明年起,改按亩征粮为按丁征粮,以扩大种植田亩,充盈大小粮仓。"

帝辛道:"此计甚好,可另行商议,从长谋之。"

箕子出班,道:"臣在司天台观天时,发现农事节气较月亮运转又有错节,根据十九年七闰之规律,奏请在年底置第十三月。"

帝辛道:"历法以合农时,方能便于种植,此事依父师所言便是。"

微子道:"臣观祖乙、祖丁、武丁、武乙四宗皆已破败,虽作修缮,但仍进风漏雨、脱土掉草。敢问大王,是重建还是继续修缮?"

帝辛郑重道:"国之大事,在祀与戎也。祖乙、武丁二宗墙已裂纹,有坍塌之险,就重建吧。祖丁、武乙二宗虽破,其墙尚固,加以修缮即可。"

闻仲道:"大王自继位以来,伐有苏、征东夷,四夷拱手、八方恭服,如今已坐拥八百镇诸侯,发展成邦畿千里的大国。王都以沫为名,不足以显我大商王威。臣奏请按大王日前所言,将沫邑改为朝歌。"

帝辛问道:"众卿以为如何?"

商容首先道:"朝歌者,朝阳初升、歌舞升平之意,系太平盛世、兴旺发达之相,臣附议。"

比干亦道:"朝歌之名,有喜迎朝阳、高歌黎明之意,其意吉祥,改之甚好。"

帝辛笑曰:"那就诏告天下,改沫邑为朝歌吧!"

黄飞虎道:"自帝乙二十年迁沫以来,哦,哦,不,自迁朝歌以来……"群臣闻之皆大笑。黄飞虎稍停片刻,接着道:"王都自迁此地以来,仅筑宫城、王城两道城墙。而王城之墙,其东西不过四里,南北也不过六里,俱不符王都之威仪。臣奏请借战俘之力,在淇水南筑淇水关,在淇水西筑青龙镇,在沧河北筑玉门关,使王都得磐石之安。"

帝辛道:"卿言甚好。此事便由元铣、飞虎具体督办,麦收后即可动工,务必在两年内完成。"

殷破败道:"从这次征夷来看,兵器在征战中的作用至关重要。奏请大王增加制器工匠,扩大兵器生产,多以铜器、骨器装备大军。"

帝辛道:"卿所言极是,制夷之道,胜在弓强剑利,此事便交由闻仲、破败督办吧。"

杜元铣道:"臣与少师商议,此次东征,将士们出生入死,甚是劳苦,宜重赏。奏请武官皆加俸一级,出征将士皆赏粟十石、羊十只、猪十头、贝二十朋。阵亡兵将,兵卒恤牛一头、羊二十只、猪二十头、稻谷二十石、贝五十朋,将官视级别而逐级递加。"

帝辛道:"善。闻太师功劳最大,加俸三级,赏田一万亩、战俘五千个；封晁田、晁雷为威武大将军，殷破败、雷开为神武大将军，方弼、方相为镇殿大将军，各赏田两千亩、战俘一千个；封韩荣为氾水关守将、张凤为临潼关守将、陈梧为穿云关守将、陈桐为潼关守将、张桂芳为青龙关守将、窦荣为游魂关守将。将士除值守者，从即日起畅饮三日，领赏歇息。之后，各归其位，族兵和方国之军各回各家。"

众武将叩首谢恩。

帝辛又道："封黄飞虎为武成王，微仲为男，共同掌管新收土地。黄飞虎暂不回封地，由其子黄天化代管封地事宜。命微仲从即日起甄选史官、乐工各十名，冶铜、制器、制车、制陶、织工、皮麻匠等各百户。带黍、麦、粟、豆种子和蚕桑种子，耕田、翻土、做工、酿酒等器物若干，月前赶赴东夷，教民以礼仪，授民以劳作，示之以桑蚕，范之以纺织，使东南之土得以开化。"

微仲领命。帝辛正欲再言，忽见宫女慌张而入，扑地道："大王，不好了，黄娘娘她……她……"

帝辛急问道："贵妃她怎么了？"

宫女结结巴巴地说："黄娘娘她，已难产一个多时辰。"

帝辛猛地站起，向群臣道："孤去看看，有事明日再议吧。"遂散朝，奔向西宫。

西宫内，宫女们频繁进出，忙作一团。

帝辛正欲进殿，却被姜王后所阻："宫内有秽，大王不能入内。"

帝辛只得在殿外踱来踱去，六神难安。

过了一会儿，一个负责接生的医女慌忙出来禀报："看来是不能两全了，敢问王后是先保娘娘还是先保……"

姜王后打断道："当然是先保王族血脉。"

帝辛怒目姜王后，诘问道："王后所言何意？贵妃性命要紧，先保贵妃！"

姜王后辩道:"王嗣关乎王脉国运,当为紧要。大王何惜此一妾?妃嫔如缺,来日亦可再补。"

帝辛叱道:"众妃将一生托付给孤,倘若弃她于不顾,孤岂不成了薄情之人?"

医女惶惶而退,又入殿中。

不时,即听到婴儿啼哭。宫女出报,为弄瓦之喜,帝辛的心也由焦转喜。

可是没过一会儿,医女又慌张而出,道:"恕奴婢无能,娘娘血流不止。"

帝辛闻言,一脚将医女踹开,大怒道:"真废物也!要你何用?"撩帘而入。

殿内,黄贵妃仰卧于榻上,脸色苍白,双目紧闭。帝辛见之,顿觉心痛,疾步上前握住黄贵妃的手,安慰道:"没事的,没事的。有孤在,一定没事的。"

黄贵妃缓缓睁开双眼,有气无力地说道:"妾无能,生了个女儿,让大王失望了。"

帝辛安慰道:"何望之失?孤已有三子,正盼一女呢!"

黄贵妃用尽全力笑了笑,道:"妾怕是不中用了,望大王以后厚待武庚和这个孩子。"

帝辛闻听此言,不由得攥紧了黄贵妃的手,道:"众妃之中,孤最喜欢你。上天有眼,一定会助你渡此难关的。"

黄贵妃道:"妾命自知,唯一事相求,请大王恩准。"

帝辛急道:"勿说一事,一万事也依你。"

黄贵妃气息微弱地说:"妾一生钟爱淇水,欲为此女起名淇妮,如何?"

帝辛道:"此名甚好,如此便是。"

　　闻言,黄贵妃慢慢合上了双眼,只留下淡淡的泪痕和笑容。

　　稍后,在武庚等人的恸哭声中,黄贵妃的遗体被移至白虎殿,放进棺椁。整个宫中结白。

第三回　　商容触柱九间殿
　　　　　帝辛议建摘星楼

　　翌日,帝辛在嘉善殿召集礼官和近臣,商议黄贵妃丧礼的筹备事宜。

　　比干先道:"臣家娴儿尚未断奶,不如把淇妮抱至臣家,由拙妻陈氏代为哺乳……"

　　帝辛思量片刻,道:"那就有劳王叔及夫人了。"

　　箕子道:"陵地已准备妥当,准备七日后发丧。"

　　帝辛曰:"可。"

　　微子道:"按祖制,贵妃陪葬品为牛一千头、猪一千头、羊两千只、犬五百条、车十架、玉器五百件、骨器五百件、宝石一百块、铜器五百件、陶器一千件、象牙制品十件、绢二百匹、稻一千石、贝一万枚,殉葬奴隶五百个,俱已准备妥当。"

　　商容闻言道:"奴隶殉葬一事,还请大王三思,马上要建外围城墙,所需人役众多,杀之可惜,不若劳用。"

　　帝辛道:"此为祖制,不可改之。如无奴仆,爱妃至阴间让谁人侍奉?"

　　比干上前道:"殉葬如此之多,又常挑青壮之奴隶,实在是有害无益,大王可改旧制,以陶俑或猪、狗、牛、羊代之。"

黄贵妃乃黄飞虎之姐,故黄飞虎愤然道:"这些奴隶皆是我等在战场上捕获的,今日陪葬了,改日我等再猎一批便是。况这些小人,又常有捣乱、闹事、逃跑之徒,正可借此以儆其余。"

商容力争道:"因东征伐夷,库中藏粟早已不多,加之前日大王慷慨赏赐,又支一百二十万石,国库更显亏空。如此紧要之时,更当保丁留口、开垦荒田、休养生息,如不珍惜民力,谁来劳作?谁来种植粮食,充实国库?"

帝辛闷闷不乐,摆手道:"散了吧,容孤再思。"

次日,九间殿上商容再谏。

帝辛不胜其扰,道:"后宫皆不赞许改旧制,殉葬之事,还是依祖制而行吧。"

商容道:"祖制并非不可变,昔盘庚不唯旧制,迁都于殷,实行教化,利国利民。今改除旧弊,一举而利千秋,为何不去做呢?"

卿士费中偷偷拉了拉商容的衣襟,低声道:"勿再多言,保下这些奴隶,难道能与你不成?"

商容甩开费中,指着他道:"小人,只顾一己之私!既为臣子,当犯颜直谏。"

费中见商容不理自己的好意,反羞辱自己,于是激将道:"既食王俸,标榜忠君,何不以死相谏?"

商容怒道:"死有何惧?如大王能革除旧制,赦免几百人的性命,我以身相换,又有何妨?"

帝辛有些不耐烦地说:"勿再烦孤,你若相换,孤即从之。"

商容慷慨道:"谢大王!"说完便撞向石柱。可怜这位七十五岁老臣,顿时脑浆喷出,血染长襟。真可谓是:

　　　为求奴隶勿殉葬,犯颜直谏意如钢。

一朝触柱金殿上，留得声名万古芳。

群臣皆是一惊，当比干回过神来意欲阻拦，为时已晚。比干两眼噙泪，长叹一声，道："这……这……当为之奈何？为之奈何？"

帝辛也没想到商容会如此刚烈，惊愕之余，无奈道："一句戏言，怎就当真了呢？可怜商容一世尽忠，就厚葬吧。为贵妃殉葬之事，便依他之言好了。"

事后，每每想起商容的忠烈和惨状，比干便唏嘘不已。

一日，比干散朝回家，刚至府中，就见娴儿正与淇妮争夺一个布偶。

比干疾步上前，将娴儿抱开，训斥道："你为长姑，当让淇妮才是。"

娴儿噘起小嘴道："那本来就是娴儿的嘛！"

比干哄她道："我家娴儿最知礼节了，赶明儿再让人给你缝一个更好的。"

娴儿愤愤地说："这黑妮最爱抢我东西了。"

比干笑了笑，说："娴儿乖，以后不许再喊淇妮黑妮了。"

转眼就是三年，帝辛思女心切，便让比干将淇妮送回宫中。考虑到杨贵妃无子女，遂把淇妮交由杨贵妃照顾，杨贵妃自是欢喜。

杨贵妃素来身体虚弱，帝辛鲜少至馨庆宫。自淇妮归宫后，帝辛到馨庆宫的次数便多了起来。不管是上朝前，还是散朝后，有事无事，常拐到那里，摸摸淇妮胖嘟嘟的小脸，亲亲她饱满的前额，或将她举过头顶，在空中抛来抛去。馨庆宫因此多了许多欢声笑语。

一日，帝辛又到馨庆宫。

用过小食（按：商代一日两餐，上午进餐叫大食，下午进餐称小食）后，帝辛与杨贵妃至院中乘凉。

帝辛道："爱妃的身子好些了吗？"

杨贵妃道："承蒙大王关照,已经好多了。"

帝辛道："腰疾多为寒气所致,即便天热,也莫要凉着了。"

杨贵妃道："妾记下了。"

正说话间,武庚与淇妮追逐着,将一个沙包掷到帝辛身上。帝辛拾起沙包扔了回去。

杨贵妃急忙道："武庚、淇妮,勿要嬉闹。"

帝辛笑道："小儿正值嬉闹之时,就让他们肆意玩耍吧。"

过了一会儿,淇妮玩累了,跑过来,偎在帝辛的怀里,让帝辛给她讲故事。

帝辛笑了笑,道："女儿家真是缠人,不如男儿省事。那今儿个父王就给淇妮讲个天宫的故事吧。"

淇妮大喜,拍着小手道："好,好。"

帝辛清了清嗓子,说："天上也和人间一样,有着很高很雄伟的宫殿,里面住着玉皇大帝、王母娘娘和诸位神仙。给他们看门的是一头大狮子,来了坏人,狮子就会张开大嘴将坏人吞到肚子里去。一日,大狮子听说吃了蟠桃园里的桃子就可以长生不老,便趁着夜色进了蟠桃园,偷吃了一颗仙桃。结果被看桃的仙童发现,告到了王母娘娘那里。王母娘娘很是生气,就把大狮子关到了天牢里。大狮子被关了八百四十九年,又饥又渴,就用锋利的爪子把天牢的墙刨了一个大洞,逃了出来。它跑啊跑啊,一不小心,撞到了一棵大树上,树上的叶子哗哗啦啦掉了下来,于是天上便有了星星。"

淇妮满眼好奇地望了望布满繁星的天空,说道："哦,怪不得天上这么多星星。"又伸手摸了摸帝辛的胡子,道："父王,淇妮要星星。"

杨贵妃沉下脸,对淇妮说："淇妮,别闹,天上的星星怎能摘得?"

淇妮神气地说："父王是大王,淇妮想要什么就有什么。众人都说,父王可厉害了,小时候连老虎都能打死呢!"

帝辛哈哈大笑,哄她道:"乖孩子,快睡吧,来日父王便给淇妮摘几颗下来。"

淇妮满心欢喜地道:"父王可要说话算数哦。"

杨贵妃责备帝辛道:"大王也太宠孩子了,这样荒唐的要求,竟也答应。"

帝辛乐呵呵地道:"小孩子嘛,先哄睡了再说,省得淘气。"

杨贵妃道:"改日若当真向大王要,看你如何应承。"

过了几日,帝辛在显庆殿设宴,与近臣饮酒。

酒至半酣,帝辛忽做愁眉状,长叹了一口气。群臣忙静下声来,询问何故。

帝辛推开铜觚,说:"孤遇到了一个难题啊。"

群臣都慌忙放下手中的觚。

杜元铣忐忑地问:"大王何事烦忧,吩咐便是。"

黄飞虎拍着胸脯道:"大王有忧,尽管交代臣下。"

帝辛诡笑道:"霸王虎,你外甥女想要天上的星星,你看这……该当如何?"

群臣先是一怔,随后便笑成一片。

黄飞虎憨憨一笑,挠着头道:"这有何难?让宫女给她缝几个不就是了。"

微子道:"这哪里能行?小孩子也不是那么好糊弄的。不如等到冬日,让人凿一块冰,照着星星的样子雕一个出来,这样还有模有样些。"

比干放下手中的筷子,道:"如今离冬日还有四五个月,也太久了。不如取一块玉,让工匠们雕一个算了。"

费中抹了抹嘴,道:"你们说的都有其形而无其光,最简便的法子是,编一个五角的笼子,捉一些萤火虫放到里边,夜晚远观,或许更像一些。"

帝辛喝了一口羹,道:"众卿所言,各有道理,这些法子孤也想过,总觉不妥。孤欲筑一处高台,台上起一座高楼,从台下观楼上之人,犹摘星揽月一般,名曰'摘星楼'。众卿以为如何?"

费中抢先附和,拍手称妙。

杜元铣道:"主意是不错,只是这……刚筑好外城三道城墙,又因这孩童之闹,让各方国继续贡赋劳役,是不是有些劳费民力了?"

黄飞虎道:"建一台一楼,所用人役有限,方国人役回去便是,所余奴隶即足用,也免得他们天天只吃饭不干活,浪费粮食。"

比干看了一眼箕子,道:"建一高台,亦无不可。现观天之台狭窄,难以立足。如建此高台,平常之时可借此台昼观日晷,夜观星辰。"

箕子闻之,连连点头,道:"如建,台基可建三级,合天地人'三才'之意;台面方形,合东南西北'四方'之意;每侧三十丈,合每月三十日之意。台高九丈,楼高五丈,属帝王建制。"

帝辛将了将胡须道:"此楼形制,可依父师所言。此楼位置,可建于城之西南。所需物料、人役,由元铣操办,督造就交给父师吧。"

杜元铣、箕子领命。

帝辛举觚道:"来,众卿共饮此觚。"

待放下铜觚,比干转向帝辛,道:"臣有一事,欲借今日宴饮之际奏请,不知可否?"

帝辛夹了一口菜,道:"少师请言。"

比干道:"这几日,冀州、豫州接连来报,称自五月以来滴雨未下,田地干涸、禾苗枯萎,旱情为近年来之少见。奏请大王祭神祈雨。"

帝辛看了一眼微子,道:"王兄,记得前几年祈雨是在社稷坛,如今社稷坛正在修缮,还有合适的地方吗?"

微子想了想,道:"那……大王看,前去桑园如何?"

帝辛道:"桑园? 嗯,不错,不错! 先祖成汤即祈雨于桑林,正可效仿。"又转向箕子道:"父师,速速占卜吉日吧!"

第四回 帝辛桑园祈雨
姜后布司织锦

比干、微子等人忙活了几日,终于将祈雨事宜准备妥当。

箕子也早早占卜出吉日,报给帝辛。

帝辛及群臣提前斋戒三日。

到了祈雨日,帝辛仅吃了些素食,便准备启程。

正欲出殿,忽见武庚和淇妮从外面跑进来,武庚气喘吁吁地说:"听说父王要去……要去桑园祈雨,淇妮闹杨娘娘,想要同去。"

帝辛看着一双儿女,心中甚是欢喜,抱起淇妮道:"既如此,出去长长见识也好,尔等就随孤一同前往吧。"

帝辛出宫,抱女登几,上了白马素车,武庚也紧随其后上了马车。

车厢内,帝辛巍然正坐,武庚和淇妮环坐左右。

车驾前行,两人一会儿摸摸这儿,一会儿敲敲那儿,一刻也不消停。

帝辛问道:"武庚,这段时日,你的箭术可有长进?"

武庚回道:"回禀父王,儿臣如今已能边走边搭弓,射中树上的鸟雀了。"

帝辛笑道:"那就好,好好练,将来也好驰骋沙场,为我大商建功效力。"

淇妮闻言,仰起稚嫩的小脸问道:"那我呢?"

帝辛抚了抚淇妮的茸发小辫,笑道:"淇妮呀,只要别淘气,父王就心满意足了。"

淇妮做了个鬼脸,又问:"父王,我们为何要去桑园祈雨?"

帝辛道:"因为桑树是太阳睡觉的地方啊!每日清晨,太阳就是从扶桑树上升起来的。"

淇妮信以为真,遂点了点头。

过淇水关时,守关将士列队迎送。

出了淇水关,便见赤地千里,大片大片的禾苗儿近枯萎,让人触目惊心!

过了淇水,再向西行一个多时辰,便到了桑园。

见帝辛的车驾来到,微子携村民们赶忙上前迎驾。

车驾停下,侍官朱升先将武庚抱下,接着又将淇妮抱下交给比干。

等帝辛下了车驾,微子上前奏道:"启奏大王,是现在开始还是稍作停歇后再开始?"

帝辛道:"祈雨要紧,我等喝口水,就开始吧。"

村民们将水奉上,帝辛及群臣各饮了一瓢后,一起步行,前去白龙庙"请龙王"。

烈日毫不留情地炙烤着大地,众人皆汗流不止。

到了白龙庙,几个头戴柳条帽、赤裸上体、身着白裤、赤脚的壮汉先进去,不一会儿就将龙王像抬了出来。待汉子们放稳神像,微子喊道:"'闹龙王'开始喽!"接着,便响起了"噼噼啪啪"的爆竹声,两名身穿彩衣的开道者出了场;紧随其后,两名身跨骏马、手挥令旗的士兵往来奔驰,开拓场地;再后,两名手持龙头的老者带领着由彩旗手和鼓手组成的队伍入了场。

进场后,彩旗手们分列两旁,挥舞彩旗,鼓手们边击鼓边跳起粗犷欢快、热情奔放的舞蹈。舞蹈结束后，鼓手们分列两旁继续击奏。一支由七十二名身披各色彩缎、手持六龙手杖的青年男女组成的舞队，在领舞者的带领下，分两队如二龙出水般奔腾着进入场地，随着鼓手的击奏变换出不同的阵形。舞者每跑一步，手杖上的彩带铜铃就颤动一下，发出"哗哗"的响声。阳光下，銮铃齐鸣，彩带翩飞。

淇妮坐在比干的肩上，兴奋地拍着小手。

少顷，她低头问道："少师爷爷，他们为何要这样跑来跑去？"

比干道："为了将龙王唤醒。"

淇妮又问："好好的，为什么要将龙王唤醒呢？"

比干道："因为这白龙太懒了，老躲在庙里睡大觉。将它闹醒，就出来降雨了。"

淇妮听了，大喊道："再大点声，快将这懒龙唤醒喽！"

"闹龙王"后，众人抬起龙王塑像，一路吹吹打打，原道回村。

回到桑园后，"白龙王"被放置于桑林旁的一处打麦场上，礼官将准备好的整猪、整羊、水果等贡品摆放到龙王塑像前的长案上。

帝辛上香，行三跪九叩之礼，而后慷慨言道："老龙，一路之上你都看到了，禾苗枯黄，子民焦心，我等日日虔诚供奉，如再不降雨，就让你也尝尝这曝晒之苦。"语毕，接过礼官递上的陶钵，以柳枝蘸水，洒到龙头上。

村民们齐跪高呼："龙王，行行好吧！龙王，快下雨吧！"

随后，帝辛带群臣进村用膳，留下村民们继续祈祷。

用膳前，淇妮仰起小脸好奇地问："少师爷爷，龙王这就会下雨了吗？"

比干道："是啊，这白龙受不了太阳晒，等会儿就会回天上降雨了。"

这时，一侍卫慌张来报："少师，武庚不见了。"

比干忙道："快去寻。"

侍卫道："已经派人去找了。只是不知此事，是否向大王报告？"

比干急道："大王这儿有我呢！你们快些增派人手，速速寻找。"

折腾半日后，终于在淇水边找到了随村童去捉知了的武庚。

次日，果然狂风大作，翻腾的乌云如同千百匹脱缰的烈马，在天空中奔腾、跳跃。不一会儿，大雨倾盆，村民们欢呼跪拜。

第三日，众人敲锣打鼓，将龙王送回白龙庙，曰"送龙王"。

送过龙王后，帝辛的祈雨队伍在桑园村民的欢送下，载誉而归。

途中，比干问帝辛道："去年七夕，王后因身受风寒，未去布司织锦，今年可去否？"

帝辛道："王后母仪天下，亲自织锦当有示范作用，少师先准备吧，等回宫了孤说与王后。"

回宫后，淇妮正好遇到外祖母黄老夫人来给她和武庚送羊。黄老夫人见淇妮归来，将她搂至怀中，眼泪止不住地往外流，叹息道："唉……好苦命的娃啊！"

杨贵妃见状，忙劝道："老夫人，别伤心了，淇妮在此甚是乖巧，深得大王喜爱。"

黄老夫人忙将淇妮放下，给杨贵妃磕头，道："多劳娘娘费心了。"

杨贵妃扶起黄老夫人道："老夫人，快起来，先坐下喝口茶，一会儿王后还要宴请您老人家呢！"

黄老夫人刚坐下，武庚就从外边跑了进来，手里攥着一把草，拉着淇妮道："走，淇妮，我们一块儿喂羊去。"

院中，黄飞虎的次子天禄、三子天爵正牵着两只大羊，后边还跟着一群"咩咩"乱叫的小羊。武庚见之甚喜，忙上前拿草喂羊，可那羊嗅了嗅，却怎么都不肯吃。武庚有些急了，飞起一脚，道："让你不吃，让你不吃！"

黄天禄见状，质问道："武庚，你怎么踢我们的羊？"

武庚牛气哄哄地说："怎么是你们的羊，这是外祖母送给我和淇妮的，分明是我们的。"

黄天禄看了他一眼，道："即便是你的，也不能踢啊。"

武庚道："我的羊，我愿意怎么踢就怎么踢。"说着话，对着羊又飞起一脚。

黄天禄顿时火了，冲上去抱起武庚，将他掀翻在地。武庚也不示弱，爬起来就与黄天禄扭打在一起。只见他们两个你抱我腰，我搂你腿；你抓我脸，我扯你耳，厮打在一块儿。

淇妮吓得大哭起来。

黄天爵丢下牵羊绳，飞也似的跑进馨庆宫，叫道："祖母，祖母，不好了，二哥和武庚打起来了。"

黄老夫人一听，赶紧出来将二人拉开，并狠狠地训斥了黄天禄一顿。可怜黄天禄，纵有满腹委屈，也无处诉说。

转眼，七夕来到。

这日，姜王后卯时便起身。刚用完大食，宫女翠儿就进来道："启禀王后，武成王的夫人贾氏、少师的夫人陈氏、微子的夫人费氏已在宫门外等候。"

姜王后一边漱口一边道："好，马上就走。"

一会儿，又有宫女来报："馨庆宫来报，说杨贵妃的腰疾这几天有些反复，今日怕是去不了啦。"

姜王后道："杨贵妃一向如此，就不要难为她了。"

出了宫门，姜王后与几位夫人寒暄了几句，便上了马车，奔向布司。

布司位于王宫南侧，左邻桑林，右邻沛水，路程不远。一路之上，

杨柳青青,蝉声萦耳。田间,正在采摘车前子的女子们,双手默契地配合着,嘴里还哼唱着欢快的小曲:

采采芣苢,薄言采之。
采采芣苢,薄言有之。
采采芣苢,薄言掇之。
采采芣苢,薄言捋之。
采采芣苢,薄言袺之。
采采芣苢,薄言襭之。

这曲子虽只是描述女子们采摘车前子的动作,并没有什么华丽的辞藻,却洋溢着劳动的快乐,让人听了心神向往。姜王后和几位夫人不由被吸引,停下听了好一会儿,才继续前行。

得知王后要来,布司主事早已恭候多时,待马车停在布司门前,便赶紧上前帮姜王后掀帘,热情迎道:"王后亲临,小司之幸也!"

姜王后微笑着下车,道:"天气炎热,你们辛苦了!"

正在树荫下缫丝的织女们也都停下手来,随织房主事一起跪地进拜:"拜见王后!"

姜王后边走边玩笑道:"人常道,七月七,天上牛郎会织女。今日,我也来会会人间的织女们!"紧随其后的贾氏道:"王后本来就是天上的仙女下凡。今日呀,可是天上的织女来看凡间的织女了!"

一席话说得姜王后非常受用,众人都跟着乐起来。

宽敞的布司内,三台织机一字排开,一摞摞五颜六色的丝锭整齐地摆放在织机两侧。

姜王后巡视了一圈,道:"开始吧。"

陈氏道:"你们织吧,我手拙,年龄又大了,织出来怕叫人笑话。"

贾氏笑道："谁人不知少师府里有位巧手，且你家少师还管着布司，别人跑得，独你跑不得。"说着拉起陈氏，强按到左面那台织机上。

姜王后与费氏相视一笑，分坐于正中和右面的织机上。宫女们持扇，分列于织机两旁扇风伺候。

姜王后体态丰腴，坐在织机上略显局促，但因为兴致高，似乎并未在意这些。只见她端坐于织机之上，左脚趾控制花综，右脚趾控制地综，左手丢梭，右手接梭，每织入一根纬线，再提起一片花综或一片素综……梭来梭往，提经穿纬，恰似行云流水一般。

贾氏和织官并众织女见了，连声叫好。

织了一会儿，姜王后忽然大叫道："哎呀，不好！"

贾氏正盯着姜王后的金凤簪暗赞，突遭大喝，吓了一跳，见众人都聚集过来，赶紧问道："王后，怎么了？"

姜王后道："我忘加金丝了，织过去了才想起来。"

贾氏等人闻听此言，皆松了一口气。

贾氏道："这有什么？拆几线不就得了嘛……"

费氏从织机上起身，道："不用，不用，我来看看。"

费氏走到姜王后的织机旁，仔细看了看，称赞道："王后织的真是上品中的上品啊！这花蕊不织金线也比我们织得好看。"

姜王后抬手戳了一下费氏的头，笑道："真是有其父必有其女，你父亲说话满口抹蜜，你也是个巧嘴八哥！"

费氏转过身，从旁边的筐里取出一个牛角，递给姜王后，故作生气道："王后尽会取笑我，自己懒得去取牛角也就罢了，还让我们来猜心思。"

姜王后嬉笑着，用牛角挑了几下。不一会儿，便起身道："罢了罢了，不挑了，去外面凉快会儿再继续吧。"

两个宫女上前一步,撩开帘子,姜王后与贾氏等人依次而出。

外边虽然也热,但因为有风,反倒比屋里舒坦些。

粗壮的桂花树下,一个身着白裙的织女正在缫丝,姜王后等人纷纷上前观看。只见她飞快地从煮有热水的铜鬲中取出蚕茧,先将蚕茧表面杂乱的丝去掉,再找到丝的正头,匀速将丝牵出,而后左手执绕丝框,右手将丝一圈圈缠到框子上。

贾氏不解地问:"这么热的天,为什么不用凉水?"

陈氏道:"如果用凉水,丝胶难以分离,丝不易被拉出,还易断。"

姜王后点头道:"相传这缫丝之法是黄帝的元妃嫘祖发明的。一天,她在院子里喝茶时有个蚕茧被风吹落到她的茶碗里,她急忙将蚕茧捞出,竟意外地从蚕茧里抽出了丝。嫘祖见这些丝像织布的线,便命婢女将树上的蚕茧摘下来,放入热水中,把丝抽出来,织成锦,做成漂亮的衣服。黄帝看后,大加赞赏,下令进行推广。"

费氏道:"怪不得人们称嫘祖为蚕神。"

陈氏见这个织女技艺娴熟、面目清秀,不禁起了怜惜之心,问道:"姑娘芳龄几何?"

织女起身行了一礼,柔声道:"奴婢年方二七。"

陈氏又问:"姑娘姓甚名谁?"

织女答道:"奴婢姓展名娟。"

贾氏见陈氏问来问去,玩笑道:"一口一个姑娘,看你叫得多亲。少师夫人不会是看上人家姑娘了吧?"

姜王后伸出双臂,装作阻拦的样子,道:"一边去,都一边去。看上也迟了,本王后先占住了。"

贾氏道:"看看,看看,真是'有福不在忙'!多少女儿家想进宫都进不去。这不,坐着不动就有人抢上了。"

费氏附和道:"真是前世修来的福分啊!跟着王后,冷不着、热不着、饥不着、累不着,掉进蜜罐里也不过如此!"

随侍的织房主事给展娟使了个眼色,展娟会意,赶紧伏地向姜王后行了大礼,红着脸道:"多谢王后厚爱。"

翌日,布司主事就把展娟送进了宫。

<table>
<tr><td>第五回</td><td>帝辛朝阳山过冬
淇妮饮马泉落水</td></tr>
</table>

夏去秋来,转眼天气就凉了下来,按照惯例,帝辛要带后宫众人前往朝阳山行宫过冬。

朝阳山在朝歌城西北十五里,因其貌尖尖,又被当地人称为"尖山"。行宫位于朝阳山半山腰,依山而建,沿绝壁布局,遥遥望去犹如空中楼阁。因宫殿坐北朝南、易于采阳,又背依高山、避风遮寒,所以即便是冬日亦暖意融融。

秋日的朝阳山景色宜人,帝辛诗兴大发,吟哦道:"人言十月秋萧瑟,此处秋景胜春光。金叶叠翠遮莠草,乱红缤纷蔽沙岗。羚麋相逐林间戏,苍鹰振翅向茫苍。云空万里烟水碧,溪畔何处话凄凉?"

行至山门,淇妮见山口立有一块巨石,就好奇地问:"这里为何卧着一块大石头啊?"

杨贵妃笑道:"这块石头是从尖山上滚落下来的,名唤'泪石'。"

淇妮忽闪着一双大眼睛,愈发不解了,问:"为什么叫'泪石'啊?难道这块石头会流泪不成?"

杨贵妃宠爱地摸了摸淇妮的小辫,道:"朝歌有句古话叫'尖山高,尖山高,尖山打到老寨腰'。是说啊,从山下看,尖山是这片山峰中最高的,因而它听到的赞美声最多,时间久了,尖山便飘飘然,自大起来。

一日,它又四处显摆,西侧的老寨实在看不惯了,便出来道'别嘚瑟了,快回家歇着去吧'。尖山不服气,非要与老寨比试比试。真是不比不知道,一比吓一跳,结果,尖山勉强达到老寨的腰部。尖山见势不妙,欲逃走,被老寨一拳砸坐在地。尖山羞愧地落下了一颗巨大的眼泪,滚落此处,便成了这块大石。"她讲得有鼻子有眼,淇妮听得入神。

到了朝阳山,大家住进行宫,安顿下来。

转眼,进入腊月。

一日,姜王后询问帝辛的意见:"我们也学山下的百姓,熬些粥喝如何?"

帝辛道:"极好。"

姜王后便让人用小米、山药、红枣、莲子、绿豆、豇豆等食材,精心熬制出一锅粥。帝辛就着咸菜和腊肉,足足喝了三大簋。淇妮也喝得肚子圆滚滚的,直道"撑死了,撑死了"。

喝过粥后,帝辛对姜王后说:"王后随孤上山转转吧?"

姜王后道:"今日风大,恐会变天,就不去了吧。"

帝辛道:"整日待在殿中,实在无趣,你不愿去,孤便与方相等人同往吧。"

帝辛和方相一行,顺着山间曲径攀岩而上,走走停停,直到山顶。山顶虽有风,视野却很开阔。放眼望去,蜿蜒连绵的群山,争雄似的一座高过一座。

方相指着远处的一座山,说:"大王,看,那便是老寨。"

帝辛道:"走,去老寨看看。"

帝辛等人顺着山脊,一路向西。

过了地谷岭不远,忽见殷郊、殷洪二人各牵一条猎狗迎面而来。

方相忙上前道:"二位王子,这是……去何处了?"

殷郊晃着手中的兔子道:"我们捉了些野兔来,与父王、王后解解

33

馋。"

帝辛笑道:"都近二十的人了,还这么有玩心!"

二人"嘿嘿"一笑,没有答话。

方相道:"大王要去老寨,二位一同去吧。"

殷郊、殷洪齐声道"好"。

翻过一道岭,山路变得愈发崎岖,众人相互搀扶着,慢慢往上爬。待爬至老寨山顶,皆惊奇万分,原来这老寨的山顶上有极大的一块平地,枯草过胸,不时有受到惊扰的野鸟腾空而出。

休息片刻后,帝辛打算顺着老寨向北延伸出的一道山岭绕回行宫。不承想,一行人竟在山岭东侧的半山腰处发现了一个山洞。

帝辛一行走上前去,见三五个猎人正在洞口烘火。

猎人们看他们衣着华丽、气质不凡,急忙让出一块空地,纷纷道:"天儿冷,进来烤烤火吧。"

帝辛率先走到火堆旁,招呼道:"来,来,都坐吧。"

猎人们你看看我,我看看你,显得有些拘谨。

帝辛见状,便问道:"你们在这里捕猎多久了?"

一个头发花白的猎人回道:"有一二十年了。原来这里住着一伙山寇,他们抢了粮食便藏于此处,起名曰'收粮洞'。帝乙迁都沫邑后,将山寇们捉了去,我们便来此安家、打猎。"

帝辛又道:"你们就住这里?这里有水吗?"

一个小个子猎人回道:"有的,离这个洞不远,有一处山泉,四季流水,人可以喝,也可以饮牛羊。"说着朝洞里喊道:"孩儿他娘,把羊奶端出来,温一些给客人们喝。"

不一会儿,一个身材粗壮、肤色黝黑的女人抱着铜鬲从洞里走了出来,喊话的猎人忙从山洞左侧搬过来煮饭用的架子,用钩子钩住铜鬲的环耳,挂在架子上,将奶温在了火上。

殷郊让人提了两只野兔过来,道:"刚打的,给你们尝尝鲜。"

那位头发花白的猎人道:"不用客气,你们拿去吧。这儿遍地都是野味,要想吃,伸手便来。"

说话间,羊奶便冒出了热气。喊话的猎人拿出几个陶碗,一一倒上,递给帝辛等人。

帝辛喝了一口,竖起大拇指,赞道:"好奶,好奶啊!"

又聊了一会儿,见已近日中,帝辛一行便起身告辞,返回行宫。

及至朝阳山顶,只见闻仲迎面而来,跪地参拜道:"大王万岁!"

帝辛喜道:"闻太师,快快平身!"

闻仲起身,道:"这么冷的天,大王还四处跑,怎让老臣放心得下?"

帝辛道:"待在宫里,身子舒展不开,倒不如出来走走,更惬意些。"

闻仲道:"臣昨晚观天象,知今日晚些时候将降大雪,放心不下,特来看看缺什么东西不……"

帝辛拉着闻仲的手道:"不缺不缺,什么也不缺。告诉爱卿一个好消息,孤发现了一个练兵的好去处。"说着,指了指远处的老寨道:"那山名曰'老寨',山顶如平地,草茂水清,峰下又有洞,可以储粮。去那里练兵,既可以增强兵卒体质、防止奴隶逃跑,又可确保王都西侧的安全。"

闻仲望着远处的老寨道:"大王果真是慧眼识宝地。方夷多山,到山中练兵和演习攻守,更易适应征战环境。臣正欲禀报,想明年开春让将上们进山练兵,没想到大王倒先找好了地儿。"

帝辛言道:"如此甚好,等明年开春,爱卿带一队人马到黄洞西山沟去。让鲁仁杰带一队人马来老寨这儿,用上个三五年的时间,必能给孤带出一批擅长山地战的好儿郎来。到时候,谁再不听话,就一举灭之。"说着连做了两个"杀"的动作。

闻仲道:"大王所言极是。"

这天夜里,果真狂风大作,雪花漫舞。

帝辛与姜王后、杨贵妃、殷郊、殷洪、武庚、淇妮等人,一起围坐在火炉旁,喝着米酒,品着兔肉,享受着别样的快乐。

第二日清晨,风停雪住,红日东升。

从行宫往外看,群山遍披银装,白茫茫一片,视线所及之处皆成了冰雪世界。

用过大食,姜王后道:"大王,妾今日随你上山去吧!"

帝辛道:"昨日让你去,你不去。今日孤懒得动了,你反而又要去。你们女人可真是难以捉摸啊!"

姜王后委屈地说:"遥想妾刚嫁大王时,你我二人在桑中赏雪,妾累了,大王还背了妾好长一段路,妾要下来,大王也不肯……"说着,眼泪似乎都要出来了。

帝辛笑道:"真拿你们女人没办法。罢了,罢了,不跟你计较了。走,带上淇妮和武庚,同去赏雪吧。"

山上到处都是积雪,众人一脚深一脚浅,慢慢地往上爬。淇妮像一匹不识号令的野马,稍一松手,就滚了一身的雪,让照顾她的方相担心不已,直呼"比行军打仗都累"。

虽仅隔一日,山顶却完全换了一副模样。山的阳坡,雪映太阳,似银蛇飞舞;山的阴坡,如蛟龙潜海,沧桑伟岸。

淇妮穿着舅父黄飞虎送来的貂皮小袄和狐皮小靴,似在笼中憋闷许久而被放出来的小鸟儿,一会儿掷这边一个雪球,一会儿掷那边一个雪蛋,惹得武庚抓了一把雪,硬要往她的脖子里塞,多亏方相好言相劝,她才逃得一"劫"。

众人在山顶玩闹够了,方返回行宫。

午后,帝辛闲来无事,便至杨贵妃的寝宫坐上一坐。淇妮玩累了,此时正在酣睡。杨贵妃见说话方便,就坐到帝辛身旁,道:"大王,如今三宫缺位已快四年,妾又不能伴君,大王也该再选一个如意的,补了空缺才是。"

帝辛道:"不急不急,现在也没有称意的,等遇到了再补不迟。"

杨贵妃又道:"妾为大王筹了一个,不知大王意下如何?"

帝辛道:"说来听听。"

杨贵妃道:"大王看邓九公之女婵玉如何?"

帝辛笑了笑,道:"婵儿啊! 她自幼习武,乃一武将坯子。虽身轻如燕,但皮黑肤糙,还是让她攻城卫国的好。"

杨贵妃温婉地说道:"如不称心,那就再寻吧。"

到了立春之日,殷郊、殷洪、武庚、淇妮用过大食后,就到院子里鞭"春牛"去了。殷郊、殷洪已成年,淇妮尚小,只有武庚适合执鞭,武庚冲宫女缝制的"春牛"挥起鞭子,没打几下,"春牛"肚子里的五谷就露了出来,乐得淇妮在一旁哈哈大笑。

立春过后,阳气上升,万物复苏,日月又开始了新的轮回。

年后,殷郊随闻太师去了黄洞深山练兵,殷洪随鲁仁杰去了老寨练兵,行宫里,独留武庚一子。

一日午后,武庚趁杨贵妃打盹儿的当儿,偷偷拉淇妮出去玩。

淇妮问:"山间的小溪都解冻了,也不能去冰上嬉耍了,有何可玩的?"

武庚道:"饮马泉边的柳树都泛绿了,我给你拧个哨子吹吹,如何?"

淇妮道:"那好吧。"

两人遂向行宫西侧的饮马泉走去。

饮马泉边的几棵柳树,一棵比一棵高,武庚和淇妮试了试,怎么也够不着。

武庚想了想,说:"有办法了,来,淇妮,让我抱着你试一试。"

37

　　淇妮点了点头。

　　武庚蹲下身子,抱住淇妮的双腿,使劲往上举。不承想还真管用,淇妮一举手,竟然抓住了一根小小的枝丫。武庚在下边喊道:"淇妮,使点劲儿,别让树枝跑了。"

　　淇妮道:"知道。"

　　武庚将淇妮放在地上,伸手抓住了枝丫,让淇妮折一根下来,可惜柳枝非常柔韧,淇妮努力了几次都没有折断。武庚便道:"来,你抓住,让我折。"淇妮尚未抓住柳枝,武庚就已松手,弓着的柳枝一弹,扫向淇妮的脸,淇妮下意识地往后一躲,跌入水中。

　　武庚忙道:"快将手给我!"但淇妮猛然间落水,慌乱不已,只顾得扑腾,离岸反而越来越远。

　　武庚自知闯了大祸,脑海里忽地浮现出帝辛挥舞的大手,不禁打了个激灵,心想"不好,我得躲起来",扭身便欲找地儿躲,谁知竟与一个前来洗衣的宫女撞了个满怀。宫女手中的洗衣盆"咣当"一声掉在地上,衣物散落了一地。

　　那宫女叉起腰正要动怒,一看是武庚,遂转口道:"三王子,何事这么慌张?"

　　武庚张了张嘴正欲回答,忽然觉得还是不告诉别人的好,不然追究下来,自己少不了又要挨打,便把刚到嘴边的话咽了回去。站起身,飞也似的跑了。

　　宫女满脸困惑,正欲收拾衣物,却发现水中有一个红色的身影时隐时现。她心里暗暗寻思:"这件红色的衣服怎么这么眼熟呢?"她总感觉到哪里不对劲,定睛一看,果真是王女在水里漂着,她顿时吓出了一身冷汗。

　　她跳下水,试着向前走了几步。不行!水太深了,自己又不会洑水,只好向四周大声呼喊:"不好了,快来人啊!有人掉水里了,快来人啊!"

正在值守的方相手持长戟,循声跑来。及至近前,喘着粗气问道: "怎么了?"

宫女忙用手指了指水中那个快要看不见的身影。

方相一看,顿时明白过来,扔了长戟,卸下盔甲,顾不得脱下衣物, 就跳入水中。只见他如蛟龙入海,三下两下就游到了淇妮身旁,大手 一挥,拖着淇妮便回到了岸边。

一上岸,方相便将手伸至淇妮的鼻下试了试,真是万幸,尚有气 息。随后赶来的守卫见人已被救上岸,便连声道:"快,快'倒水'!"方 相屈起大腿,将淇妮俯卧其上,一边颤动大腿,一边检查是否有异物堵 塞淇妮的喉部。

须臾,淇妮"哇"的一声,吐出许多水来。

见此,众人皆松了一口气。

洗衣宫女见淇妮冻得浑身发紫,急忙解开衣襟,道:"快来,让奴婢 给王女暖暖。"

方相忙把面色青紫的淇妮递过去。那宫女接过淇妮,拥入怀中, 又紧了紧夹袄,以便于尽快将淇妮暖热。

几人正欲回宫,只见帝辛、姜王后、杨贵妃等人匆匆赶来。杨贵妃 见淇妮两眼紧闭、面色发青,直呼:"儿啊……我可怜的儿……"

帝辛怒吼道:"让你们照看淇妮,你们是怎么照看的?"又转头向侍 卫道:"武庚呢? 去把武庚给孤找来!"

小食后,淇妮才虚弱地睁开了眼睛,武庚也再次遭到了帝辛的毒 打。

次日,帝辛带众人离别行宫,过起秀门,回到王都朝歌。

第六回　帝辛淇上扶犁
　　　　妲己沬水洗衣

帝辛重回九间殿,进行早朝。

群臣跪地参拜:"大王万岁,万岁,万万岁!"

帝辛环视一周,道:"孤在行宫这段时日,有劳诸位爱卿了。不知近段时间,诸卿分管之事都进展如何?"

闻仲上前一步,道:"边境目前比较安定,没有大的战事。王都这边,臣已按大王旨意,命晁雷驻守外城之东大门——青龙镇;晁田驻守外城之南大门——玉门关;黄飞虎驻守外城之北大门——淇水关;雷开总领内城四门。整个王都可谓铁桶一般,连一只蚊子都飞不进来。"

帝辛听后,甚是满意。

闻仲又道:"臣仔细勘察了黄洞西山,由碓臼窑向西,共四条峡谷,臣现在东边二谷设马兵峪和步兵峪,为练兵之地。计划在西边二谷设铜炉沟和铁炉沟,为铸造兵器之地。目前正在平整场地,修建行营和冶炼作坊,预计秋后能投入使用。"

帝辛道:"甚好甚好,要加快进度,争取早日开始练兵。"又转向鲁仁杰,道:"仁杰,你那里情况怎样?"

鲁仁杰出列,道:"臣的人马已开进老寨,对上山的道路进行了整修,赶走了几个猎人,正准备储粮……"

帝辛打断他说:"哎……不必赶走嘛,他们拖家带口,找口饭吃也不容易,可以让他们边打猎边为我军看守山洞,这样岂不是更好?"

鲁仁杰道:"遵命。"接着又说:"臣还有一事奏请。"

帝辛道:"讲。"

鲁仁杰道:"老寨是朝歌城的西部屏障。臣欲将老寨之名改为朝歌寨,大王看如何?"

帝辛道:"准。"

杜元铣道:"禀奏大王,摘星楼的主体工程已完成,目前正由雕工、画工对门、窗、柱石等细工部分进行完善,预计麦收前可全部完工。"

帝辛道:"这个不急,最重要的是坚实牢固,能体现王都的威仪。"

比干高擎笏板道:"去年夏天,冀、豫两州因旱灾,粮食有所减产,但江淮一带水稻喜获丰收,各方邑所纳粟、麦、黍、稻,总量与上年基本持平。所纳猪、牛、羊、布、帛,比上年长了一成。"

帝辛道:"国以农为本。农乃百业之首,宜列为重中之重,不可稍有懈怠。"

比干道:"臣还有一事启奏大王,现已进入二月,人们正忙于春耕备播,请问大王今年可去稼穑?"

帝辛道:"这个一定要去的,就明日吧,你们速速做好准备。"

比干道:"目前筹划的地点有三处:一是淇上扶犁;二是稻庄插秧;三是桑中植桑。大王看去哪处好?"

帝辛道:"俗话说'春打六九头,耕牛满地走',就去淇上扶犁吧。"

箕子出列,道:"臣观天象,今年东南部地区降雨会比较丰沛,望早日疏浚,做好防灾准备。"

帝辛道:"父师所言极是,常言道'洪灾猛于虎',我们切不可掉以轻心。少师,孤命你责成专人,到各方邑督导疏浚河道事务,切不可大意。另外,闻太师和仁杰,你们也要提前修筑工事,以免山体滑坡伤及兵卒性命。"

比干、闻仲、鲁仁杰连连称"是"。

微子道:"大王在行宫这段日子,周祭一切正常,别无他奏。"

帝辛道:"祭祀,国之大节也;节,政之所成也。孤在王都时,自会亲自参加。孤不在时,便由王兄代劳吧。"

微子道:"臣谨记。"

费仲道:"后宫贵妃之位空缺已久,臣奏请大王,为王嗣考虑,操办此事。"

帝辛道:"这个嘛……还是缓缓再说吧。"

见无人再奏,帝辛便道:"散朝吧。"

翌日,杨柳青青,春风拂煦,帝辛带群臣赴田亲耕。

出了城,先经过一处制骨作坊,再经过一处制陶作坊,便到了淇上。地头,农夫们已将牛、犁等耕作之物准备妥当。

帝辛挽了挽袖子,道:"开始吧。"

殷破败跑上前去,对牵牛的农夫说道:"让我来吧。"遂从农夫手中接过缰绳。

帝辛左手执鞭,右手扶犁,往返于田地之间。只听费中在一旁吟道:

> 二月二,龙抬头,大王耕地臣赶牛。
>
> 春耕夏耘率天下,五谷丰登太平秋。

帝辛亲耕完,方相走到犁后开始耕田。

过了一会儿,姜王后带着淇妮前来送茶。

淇妮一到地儿,便挤入人群,见方相正手扶犁把,跟在两头牛的后面走过来,就不管不顾地迎了上去,吓得牵牛人在一旁大呼:"谁家的孩子,这是谁家的孩子? 危险,赶快抱走!"追上来的宫女,忙将淇妮抱至一旁。

方相耕完田,淇妮一蹦一跳地走到他跟前,拉住他的衣角,仰着小脸道:"方将军,你可真有力气。"

方相笑道:"要论力气,还是大王的力气大,大王可是有抚梁易柱之力啊!"

淇妮不解地问:"什么是抚梁易柱?"

方相道:"这还要从多年前说起,那时你父王还是王子,先王正与群臣商议政事时,忽听'咯嘣'一声,大殿上有根柱子拦腰折断,群臣都傻了眼,这时你父王一个箭步冲上去,双手托住即将掉下来的房梁,直到侍卫们换上一根新的柱子。"

淇妮听后甚是自豪,向帝辛跑去。

帝辛伸手抱起她,她在帝辛耳旁道:"父王,你真神气! 方相说你有抚梁易柱之力。"帝辛听后哈哈大笑。

淇妮又转向方相道:"方将军,你有牛的力气大吗?"

方相道:"当然比牛的力气大了,别说一头,就是三五头也不在话下。"

淇妮挥着小手道:"那你一会儿和牛比试比试,怎么样?"

"比试比试?"方相心中暗想,"这怎么比试呢? 不是难为人吗?"转念又一琢磨,"淇妮是大王的宝贝疙瘩,应该生个法子博她一笑,她笑了,大王岂不是也会欢心?"想到这儿,便心生一计。

耕田结束后,农夫们正要给牛解下牛轭,方相走上前去,道:"慢着,你们去取一根粗点的长木来,再找三头牛拴到上面,我要让王女看看,我与牛谁的力气大。"农夫们开始没明白他的意思,稍怔了一下,才四下散开,寻木的寻木,找牛的找牛,一会儿的工夫便准备好了。

其他人不解地看着方相,不知道他这是要玩什么把戏。

只听方相一声"开始",两个农夫便驱赶着牛向前拉。牛使劲地往前拉,"呼哧""呼哧"地喘着气,而方相拽着拴了三头牛的长木,始终立于原地。此时,众人才明白过来,原来方相这是和牛在角力呢!回过神后便纷纷鼓起掌来,欢呼声中,有人起哄道:"再加三头,再加三头!"

方相笑道:"加三头就加三头。"两个农夫止住牛,又寻来三头,将牛轭拴于长木之上。随着农夫的吆喝,牛开始使力,方相这次有些吃紧,双臂绷直,满脸通红。众人高呼"加油,加油",为其鼓劲儿,但方相还是被牛拉了过去。

殷破败边挽袖子,边从人群中走了出来,道:"来,让我试试。"

在两个农夫的驱赶下,六头牛卖力地向前拉,但殷破败的两脚像被粘在了地上一样,纹丝不动。众人再次鼓起掌来,爱看热闹的又喊起来:"再加三头!再加三头!"

殷破败笑笑,示意农夫再加三头牛。

九头牛!众人皆伸长了脖子,等着看较量的结果。

牛儿开始使力,好!殷破败的两脚继续保持不动。众人都屏住呼吸,握紧拳头,暗暗使劲,似乎场上拉牛的不是殷破败,而是自己。可惜,殷破败最终还是有负众望,先是一个趔趄,紧接着就"扑通"一声扑倒在地,啃了一嘴的土,惹来一阵哄笑。

淇妮搂着帝辛的脖子,撒娇道:"父王,我想看你拉牛。"

姜王后瞪了她一眼,道:"淇妮,别闹。"

帝辛看着乖巧可爱的女儿,微微一笑,自己此时虽已不再年轻,但想起当年曾握钩伸铁、抚梁易柱,热血不禁又沸腾起来,转身将淇妮交给侍卫,大步上前,吼道:"让孤来!"

只见帝辛解开披风,两脚站定,大喝一声"着",牛开始用力拉。帝辛握紧长木,两腿一前一后弓着,两脚像钉子一样死死钉在地上,渐渐踏出两个深深的坑来。突然,帝辛发出一声闷吼,两臂同时发力,九头牛竟然向他滑了过来!

随后,帝辛的脚向后腾挪了一步,立定,又腾挪了一步。众人都欢呼起来!正在这时,只听"砰"的一声,牛轭上的绳被拉断了……

帝辛竟有"倒曳九牛"之力!众人惊叹之余,纷纷俯首叩拜。

淇妮坐在侍卫的肩膀上,见大臣和民众都跪拜在地,便学着帝辛的样子道:"诸卿,都平身吧。"引来一阵大笑。

春耕过罢,因诸事都已安排妥当,帝辛便消闲了几日。一日,他去沫水河畔骑马,远远望见那个在饮马泉边为淇妮暖身的浣女持盆而过。忽地想起,那日竟未做任何赏赐。

过了几日,帝辛让朱升备了些赏赐之物,同他一起前往浣洗房。

浣洗房的院子很大,树与树之间拴了不少绳子,上面晾晒着各色锦被、衣物。地上零星散落着香气怡人的桐花,浣女们正拾花戴于发上,忽见有男子进来,一个个如兔子般飞快地躲到屋子里去了。

朱升郁郁地说:"看这些人懒散的,怎么也没个管事的?"遂向屋里喊道:"大王驾到!"

一名浣官慌张而出,跪在地上道:"不知大王驾到,请多多恕罪。"

帝辛乜了她一眼,道:"起来吧。"

浣官低着头不敢起。

朱升瞪了她一眼,道:"让那位,哦,就是那位在行宫救王女的浣女出来受赏。"

浣官战战兢兢地说:"今日不巧,妲己她到沫水洗衣去了。"

帝辛抚了抚短须道:"哦,你是说那个浣女叫妲己吗?"

浣官回道:"是,她姓苏,名妲己。"

帝辛道:"哦,那就将东西放下,孤明日再来吧。"

第二日,帝辛本来要去,结果崇侯虎朝见,便没有去成。

第三日又下了雨。

一直到第四日，帝辛才寻得空来，结果妲己又到沫水洗衣去了。

朱升怒气冲冲地对浣官道："你明知大王要来，还不让她好生候着？"

浣官惶恐道："前两日都在浣洗房候着，想着今日不会来了，才出去了。"

帝辛道："罢了，孤去沫水边走一趟吧。"

朱升连忙道："我去叫人备车。"

帝辛挥手道："不必，步行即可。"

于是，由那名浣官带路，帝辛二人跟随其后，朝沫水走去。

路过桑林，隐约听见一个男声在唱：

爱采唐矣？沫之乡矣。

云谁之思？美孟姜矣。

期我乎桑中，要我乎上宫，送我乎淇之上矣。

意思就是：菟丝子啊采何方？长在沫水城邑旁。猜我心里把谁想？有个美女名孟姜。桑林深处把我等，邀我同到城楼上，送到淇水手不放。

帝辛生性活泼，是喜爱歌舞之人。循声望去，树影绰绰，却不见人。

朱升自言自语道："朝歌、朝歌，这朝歌之人就是喜欢唱歌。"

穿过桑林，老远就见两个青衣女子正在洗衣。

此时的沫水，乍暖犹寒，那两个女子洗上一会儿便要搓一搓手。

帝辛见远处青山如黛，近处流水似锦，不禁叹道："朝歌新雨后，清泉脚下流。桑中望浣女，心动似渔舟。"

妲己沬水洗衣

浣官拢起双手放在嘴边,喊道:"妲己,大王来看你了!"

两个浣女停了一下,却没有回头,继续洗着衣服。

浣官跑过去,有些责备地冲其中一名女子道:"妲己,大王来看你,还不赶快拜见大王!"

妲己没有抬头,整个人都僵在那里。另外一名女子回过神来,忙跪地叩首。

浣官气哼哼地嚷道:"妲己,你今日是怎的了? 聋了吗?"

妲己回转身来,跪到地上,依旧一言不发。

帝辛本是满心欢喜,不承想在这儿碰了一鼻子灰。虽心有不满,但见妲己衣衫单薄、两手发抖,便冲浣官道:"勿怪她。"

朱升以为妲己是因为紧张才会如此,赶紧上前道:"姑娘,别怕,大王是来看你的。"

帝辛也近前一步,只见妲己发如墨染,眉如新月,眼波流转似秋水,嘴角含情露春意,让人顿生爱怜之意。

帝辛虽阅女无数,却不曾见过如此心仪的女子,竟一时语塞,愣在了那里。

朱升见状,忙打破僵局道:"姑娘,大王赏赐之物,前日已放在浣洗房,可曾转送给你?"

妲己两手扯袖,微微点了下头。

帝辛凝视良久,方开口道:"怎么了,不开心?"

妲己未答,气氛又凝固在那里。

帝辛问:"难道是……是谁欺负你了?"

妲己下意识地点了点头,随即又使劲摇了摇头。

帝辛见妲己一副娇柔无助的样子,突然产生了保护她的冲动,看得愈久,这种冲动就愈强烈。

帝辛顿了顿,暗吸一口气,问:"告诉孤,谁欺负你了? 孤为你做主。"

妲己忽然泪如雨下,道:"是大王,大王害得小女子国破家亡。"随后咬着牙道:"我恨你!"

帝辛看向浣官,疑惑道:"这……她是何意?"

浣官慌忙跪下道:"大王恕罪,大王恕罪!小的该死。大王休要听她胡说……"

朱升厉声道:"大王问你话呢,如实招来。"

浣官瞅了一眼帝辛,低头道:"她是说大王伐有苏时杀了她的父亲,并将她们母女掳来之事。"

帝辛沿河边踱了几步,道:"这样啊,这都是昔日的事了。那她母亲现在何处?"

浣官解释道:"来朝歌的第二年,其母便悬梁自尽了。"

帝辛一时不知该说什么好,心里暗思:"怪不得这姑娘不愿见孤,唉……原来是这么回事。"

帝辛又踱了几步,似乎要离开,但刚走几步,忽又停了下来,回转身,冲妲己道:"姑娘,别哭了。明日,孤纳了你。"

第七回　箕子抚琴御花园
　　　　费中献谄显庆殿

帝辛一回到宫中,便去了中宫。

姜王后正和展娟、翠儿等人做女红,见帝辛进来,起身道:"大王来得正好,妾刚给大王做好一双靴子,正好试试。"

帝辛坐到龙榻上,抬起脚。翠儿和展娟赶紧屈身,给帝辛脱下靴子。

姜王后把新靴子递过去,二人一人一只,将新靴子给帝辛穿上。

姜王后道:"大王走走看,硌脚否?"

帝辛起身,边走边道:"以后这种粗活儿让宫女们干就行了,王后也该歇歇身子、享享清福了。"

姜王后笑着道:"伺候大王是妾的福分,如能给大王做上一千年,妾还巴不得呢。"

帝辛也笑了,道:"果真那样,孤岂不成千年老龟了嘛。"

姜王后手捂心窝,微笑道:"那妾就做一只雌龟,永远陪伴在大王身边。"

帝辛在殿内转了一圈,道:"这靴子甚好,孤就不脱了。"

姜王后转过身,道:"翠儿,将九侯差人送来的果酒取些来,与大王尝尝。"

翠儿应了声"好",走到几案前,从卣里舀了满满一觚果酒,端了过来。

帝辛接过酒,又走了几步,道:"王后,有件事孤想听听你的意见。"

姜王后和颜道:"有什么事,妾遵办便是。"

帝辛停住脚步,道:"孤昨日散朝,路过浣洗房,遇到那个在行宫救过淇妮的宫女,孤看她模样姣好,欲纳她为妃,你看如何?"

姜王后看了眼帝辛,垂下眼睑道:"模样,那天妾倒是瞅了一眼,确实还看得过去。只是那浣洗房的人,来路甚杂,不知她姓甚名谁,来于何处,双亲又是干什么的……"

帝辛道:"孤听朱升说,那个宫女叫苏妲己。"

"苏妲己?"展娟脱口道。

"怎么? 你认识她?"姜王后问。

展娟回道:"浣洗房的浣官是奴婢的姑姑,奴婢在布司时,常去那里玩,妲己善歌舞,颇受大伙儿的喜爱。"

姜王后又问:"那妲己年方几何,家是哪里的,你可知晓?"

展娟回道:"妲己比奴婢小一岁。听说她是有苏部落族长的女儿,大王攻打有苏氏时,其父被乱箭射死了,妲己随其母被掳了来,分到浣洗房做工。后来,其母一直无法从悲痛中走出,趁人不备上吊了,现只剩妲己一人。"

姜王后闻之,不由叹道:"哦,这么说,这苏妲己不仅是奴隶,还是战俘的女儿,这样的身份是万万不可纳为妃的啊! 既不合祖制,又……"

帝辛打断姜王后道:"妲己虽为战俘之女,但在淇妮落水时,不仅没有借机报复,反而解衣给她暖身,如若不是她,淇妮能不能活下来都未可知。既然她能放下仇恨,那我等为何不能放下偏见呢?"

姜王后力劝道:"她的父母皆因大商而死,她心中恐怕早已埋下了仇恨的种子,这粒种子终有一天会萌动、发芽、长成大树。大王若纳了她,就等于在龙榻上方悬了一把利剑,不定哪天掉下来,就会伤了自己啊!"

帝辛坚持道:"哪怕她是玉石之心、冰雪之躯,孤也要将她焐热、溶化。"

姜王后有些生气,道:"大王既然执意一条道走到黑,为何又来问妾呢?"

帝辛也恼火起来,道:"孤本以为你是开明之人,有大爱之心,不承想竟是顽固之徒。"

姜王后力辩道:"若是别的事情,尚可通融。可这是在给大王选枕边人,理应严之又严、慎之又慎,妾也是为大王的安危着想。"

帝辛怒道:"孤的安危不用你着想。她一个女儿家,身纤体弱,能奈孤何?"说完,径直离去。

离开中宫后,帝辛郁闷不已,便去了后花园。

时值三月,园内群芳斗艳、姹紫嫣红。

帝辛走在惜花径上,虽无心欣赏这桃红李白,但听着金桥流水,望着蝶恋花间,心绪倒也平和了许多。

后花园内三步一亭、五步一阁,曲转迂回,一步一景。

帝辛转过秋千架,忽闻古琴之声。远远望去,枝繁叶茂的海棠树下,一老者和两小童席地而坐,老者弄弦抚琴,小童仰首静听。人在花下,花袭人衣,浑然一幅畅春图。

帝辛走过去,发现是父师箕子在教武庚和淇妮抚琴。

箕子奏罢一曲,停下手来,对二童道:"这琴道,即人道。琴有五弦,内合五行金、木、水、火、土,外合五音宫、商、角、徵、羽。琴前广后狭,象征尊卑有别。琴有泛音、散音和按音三种音色;泛音幽雅、飘逸、空灵,仿若天籁之音,故称天声;散音深远、雄浑、厚重,有如钟磬之声,故称地声;按音细腻、柔润而略带忧伤,极似人的吟唱,故称人声。这三种音色象征着天、地、人,天地有道,君臣有纲,欲学琴道,必先修人道……"

见帝辛至,箕子忙起身施礼。

帝辛摆手道:"此处乃闲游之地,并非朝堂之上,免礼吧。"

武庚见帝辛到来,眼珠一转,道:"父师爷爷,我想如厕。"

箕子笑了笑,道:"去吧。"

帝辛见武庚逃去,笑道:"这小儿,真是懒驴上磨——屎尿多。"继而,转过头与箕子说道:"礼和乐,表面上看是两种不相干的技艺,实则不然。孤一提倡乐,就有人跳出来,辱其为靡靡之音,诬其为'淫乐',其实这些人根本不懂乐之真谛。这礼和乐,乐修内,礼修外,内外兼修,方能培养出良好的德行,营造平和而有序的生活啊!"

箕子是深谙乐理之人,对帝辛之论自然是赞同有加,点头道:"大王所言极是,只是这世间之人千千万,又有几人能懂这乐之妙呢?"

帝辛叹道:"不懂便也罢了,可悲的是,常见不懂之人教唆明白之人,不知是何道理?"

箕子苦笑道:"因为这世间明白之人甚少,不懂之人众多。不懂之人抱成团,自然比明白之人势众。"

帝辛道:"这就是所谓的曲高和寡吧!为王者也是如此,有时候,反倒不如庶民快活自在。"

箕子望了望远方,道:"庶民有庶民的苦恼,亦有庶民的快乐。为王者有为王的快乐,亦有为王的苦恼。"

帝辛道:"何尝不是这样,庶民喜欢谁就可以娶谁。为王者却未必,不仅要看门户、出身,还要兼顾到各方势力,以持均衡。"

箕子觉得帝辛似乎话中有话,便对淇妮道:"你先到那边捕蝶去吧,我与你父王说几句话。"淇妮欣然离去,箕子接着道:"大王莫非是看上哪家姑娘了？"

帝辛长叹一声，道："淇妮年初在行宫不慎落水，被浣洗房一宫女所救，孤念那宫女无家可归，欲纳其为妃，王后却死活不依，着实让人烦恼。"

箕子道："浣洗房的宫女多是奴隶出身，卑微下贱，确实不宜纳为妃。"

帝辛道："孤何尝不知这个道理。只是见其父母皆逝，又没了家，在与孤有杀父之仇的情况下还毅然救了孤的女儿。着实是可怜于她，才想给她一个立足的地方。"

箕子道："大王虽是这样想的，但若让王后与出身为奴的人平起平坐，她肯定是接受不了的。臣子们要参拜一个出身为奴的妃子，必然也是难以容忍的。"

帝辛苦恼地说："难道就没有一个变通的法子？"

箕子道："变通的法子倒是有，大王可以纳一个伯侯之女……"

帝辛急忙打断他："哎呀，王叔，不是这个意思，真是急死孤了！"

眼看箕子也难从其意，帝辛只好踱步向回走去。

接下来的几日，帝辛食不甘味，夜不成寐，丢了魂儿一般。上早朝也经常走神儿，最后竟连早朝也不上了。

一日，帝辛在显庆殿自酌自饮，忽见费中鬼祟而来。

这费中乃善阿谀奉承之人，殷人都不喜与他亲近。

费中进殿后，伏地参拜："大王万岁，万岁，万万岁！"

帝辛扫了一眼费中，道："你不在府中好好待着，见孤何事？"

费中道："臣有要紧的事奏报……"

帝辛挥手打断他："要紧的事？什么要紧的事？是山要崩、地要裂，还是海要枯、石要烂？"

费中观察着帝辛的脸色，小心翼翼地说："那倒不是……"

帝辛道："不是便好。这里又不是朝堂,今日一切政事免谈,莫要妨碍孤饮酒。"

费中起身,想出去,又想留下与帝辛套套近乎。

正不知进退之时,忽听帝辛叫道："来,费爱卿,陪孤喝几觚。"

费中道了句"遵命",顺势坐了下来。

费中先与帝辛对饮了一觚,又上前为帝辛满上。

帝辛拉着费中的衣袖问："卿以为,做大王好还是做大臣好?"

费中道："当然是做大王好。"

帝辛道："说说看,怎么个好法。"

费中朗声道："就拿大王来说吧,大王伐有苏、征东夷后,我大商疆土是夏朝的四五倍之多。各方国年年朝拜,季季贡赋,有吃不尽的美食,享不尽的荣华,更美的是……"

帝辛见费中结舌,追问道："是什么?"

费中道："更美的是,大王能娶十二女,可天天新郎,夜夜洞房。"说完自知不妥,唯恐帝辛责罚。谁知帝辛长叹一声,道："唉……卿只知其一啊,为王者亦有为王者的难处。"

费中故作诧异,望向帝辛道："做大王的,还有什么难处?"

帝辛边饮酒边将欲纳妲己为妃,而姜王后、箕子反对之事,说给了费中。

费中听后,道："大王总是过于顾及别人的看法,而使自己的内心备受煎熬。大王贵为一国之主,想做什么便做什么,何必在意他人的看法呢?"

帝辛苦恼地说："可是孤觉得他们说的亦有道理啊!"

"有什么道理?"费中接着说,"王后和箕子都是有私心的,都是为自己的利益考虑罢了。"

帝辛道："此话怎讲?"

费中道:"依臣看,王后反对,是为了护住殷郊的太子之位。现王后生殷郊、殷洪二子,黄贵妃生武庚一子,杨贵妃无嗣。大王如再纳妃,将会与王后争宠不说,一旦有了子嗣,还可能对太子之位构成威胁,所以王后对纳妃一事肯定是非常抵触的。"

帝辛道:"那箕子又为何反对呢?"

费中道:"恕臣直言,箕子那帮老臣俱是一群披着祖制外衣与大王作对的伪君子。他们与先帝争夺王位失败后,表面上服服帖帖、俯首称臣,暗地里却干涉朝政、处处掣肘。"

帝辛道:"卿所言倒也有几分道理。"

费中道:"所以在很多事上,大王大可不必在意别人的看法。看中的人,只管去纳便是,谁还能不听大王的啊?"

帝辛道:"卿所言极是。孤就是要纳妲己,看他们能把孤怎么样!"

又饮了几觚,帝辛站起身道:"走,孤带你去看看未来的苏娘娘。"

说罢,两人一摇一晃地奔沫水而去。

及至桑中,帝辛从树上折下一条柳枝拿在手中,像赶驴一样,在费中的头顶上挥舞着,两人嬉笑着前行。

帝辛调笑道:"费卿应该也是花丛高手吧。"

费中觍着脸说:"臣不敢,臣不爱寻花。"

帝辛嬉笑道:"你肚子里有几根花花肠子孤能不知?天天馋得跟猫似的,男人嘛,有几个不食腥的?"

费中正欲接话,忽见迎面走来两个持盆而归的浣女,于是拉了拉帝辛的衣袖道:"来了,来了,大王快看,可是其中的?"

帝辛醉眼蒙眬,见妲己缓缓行来,宛如仙女下凡,竟愣住了。

费中见帝辛愣在那里,便知猜中了八九。他清了清嗓子,道:"大王在此,还不快快过来见驾。"

妲己和另一浣女喜媚正说笑着行路,见帝辛突然出现,正欲从旁侧避过,怎奈费中开口,只好止下步来。

帝辛举步上前,一把抓过妲己的左腕,两眼直愣愣地盯着她。

妲己慌忙用右手将洗衣盆抵入腰间,并试图将左手从帝辛的手中抽出,怎奈力气太小,徒劳一场。

费中疾步上前,将妲己手中的衣盆一把夺下,转身扣到喜媚的衣盆上,说道:"大王与苏娘娘说几句要紧的话,你先回吧。"

喜媚结舌无语,慌忙逃离。

妲己犹如失去保护的幼兽,浑身瑟瑟发抖。想要挣脱,可力量悬殊;想要呼喊,可面对的又是大王,真是进无门,退亦无路。

帝辛攥着妲己的冰腕玉臂,轻轻一拉,便把妲己拥入怀中,轻声道:"姑娘不是怪孤毁了你的家吗?那孤今天就给你一个家,如何?"

妲己闻言,泪流不止,想要说点什么,嘴唇动了动却未能发出声。

帝辛早已神魂颠倒,再见这梨花带雨,顿时虎躯一振,手托香腮,舌启朱唇,搅了个天翻地覆。再说妲己,先是茫然,而后愤恨与恐惧交加,欲反抗却无助,在帝辛的强攻下,犹如大海之扁舟,荡荡悠悠,不知归处……

这一抱,改变了妲己的命运,改变了帝辛的命运,也改变了大商王朝的命运。

第八回　　妲己被纳寿仙宫
　　　　　展娟惨遭炮烙刑

帝辛将妲己抱至寿仙宫，当夜便行了云雨之事。

事毕，妲己蜷缩在床的一侧，看着窗外随风而动的树影，往事也一幕幕浮现于眼前。

妲己生于河内温地苏庄，是有苏部落族长苏护的女儿。她从小机敏、聪慧过人，尤其擅舞，只要听到乐声就禁不住翩翩起舞，加之她天生丽质，雪肌玉肤，所以人见人爱。

苏家仅一儿一女，苏护夫妇对妲己有求必应，妲己的兄长苏全忠对其也是宠爱有加。只要是妲己喜欢吃的，哥哥必先予之；只要是妲己喜欢玩的，哥哥必不争不抢；妲己生气了，朝哥哥捶上几拳、踹上几脚是常有的事；妲己要是走累了，趴在哥哥的背上一觉就是好几里……

"唉……有兄如此妹何求啊！"妲己喃喃道，"怪不得大王抱我时有种似曾相识的感觉……"说着，她慢慢转回身，看看酣睡的帝辛，心绪又飞回了故乡。

妲己原本过着锦衣玉食的生活，这种生活终止于有苏部落与大商因牧场归属而引发的战争。她心里一直不明白，家里已有那么多金银珠宝、绫罗绸缎，父兄为何还要与大商去争、去抢、去拼命……最终独

59

余她一人,父死、母亡,兄生死不明。

"唉……真不知这些男人都是怎样想的,怎么那么喜欢打仗?难道他们都不知道福祸相依吗?"战争啊,战争,最终将母亲和她送进了大商的浣洗房。

思及母亲,妲己稍平和的心绪又开始纷乱起来。

父兄输了战争,她和母亲被带回大商,分派到浣洗房干活。母女俩不仅要适应从贵族到奴隶的落差,还要忍受浣官的虐待。终于有一日,母亲趁她外出洗衣,悬梁自尽。忽闻噩耗,她的第一个念头便是随母亲而去,可天不收她,明明跳进了沫水,醒来却已在岸边,是喜媚救了她。被救活以后,她便不再寻死了,已经从云端落入泥潭了,还能再糟到哪儿去呢?

后来,她开始努力地学,学怎样烧火,怎样造饭,怎样洗衣晾晒……只盼有一天,老天能开开眼,让兄长还活着,还能找到她,那时她便是兄长在这世间仅剩的亲人了。"为了兄长,我也要好好地活着。"她暗暗地想,"活着便好,什么荣华,什么宠爱,都是过眼云烟。"怎奈天意弄人,兜兜转转,如今自己竟成了仇人的女人,恐怕平静的日子以后跟她无缘了。

正想着,帝辛翻了个身,睁开眼,见妲己正在看自己,便抬手抚了一下妲己的脸,将她拥入怀中。

妲己顿觉胸口窒息,有些喘不过气来。

帝辛在妲己的额头上轻吻了一下,道:"孤是真心喜欢爱妃。爱妃不是失去家了吗?只要有孤在,这里便是爱妃的家。"

妲己轻声说:"才不是呢,奴婢的家在有苏。"

帝辛道:"你现在是妃子,以后再不准说自己是奴婢了。再则,有苏也不再是昔日那个有苏,有苏现在是我大商的一个方邑。有苏是个小家,大商是个大家,天下分分合合乃常事,爱妃之父在天有知,必悦之。"说着,帝辛走下床,传朱升侍候沐浴更衣。

离开前,帝辛握着妲己的手道:"爱妃,放心吧,孤会对你好的。"

妲己傻傻地愣在那里,心里道:"唉……随命吧。"

不一会儿,寿仙宫内便人来人往,热闹非凡。先是朱升领着宫人们抬来许多制作精良的家具,漆俎、漆案、雕花几、衣箱、彩绘大食案,应有尽有。接着,宫女们又送来了一些佩戴、赏玩之物,转瞬间就将寿仙宫塞了个满满当当。

妲己惊愕之余,不免暗自感慨:"这王宫所用器具与有苏相比,真是一个天上一个地上,一个小小的衣箱都如此精致,难怪男人们都爱争权夺利了。"

小食前,宫女们又送来了各色珍馐。

朱升俯身道:"应大王吩咐,这些都是按贵妃礼制准备的。"

妲己看着这些闻所未闻、见所未见的人间美食,一时间各种滋味涌上心头,一方面,家国族人为大商所灭,此仇此恨天崩地裂亦难消。另一方面,帝辛贵为大商之王,多少美女心向往之,自己一个奴隶,却能受此厚待,说不感动也是不可能的。

黄昏,帝辛至寿仙宫,与妲己共进小食。

席间,帝辛又是夹菜,又是舀羹,殷切之情让妲己很不自在。

用过小食,帝辛道:"大臣今日来报摘星楼已建好,孤带爱妃去看看。"

夜晚的朝歌别有一番风情,月亮又圆又亮,几颗星星散落在天际,静静闪烁着。月色下的荷塘,犹如披上了一层白纱,才露尖尖角的小荷隐约可见,伴着蛙鸣声,让人沉醉!一路行来,遇到不少沿荷塘纳凉之人,有的摇着蒲扇,有的带着席子,往来之中尽显安乐祥和。帝辛、妲己也受到了感染,索性下车,步行而往。

妲己不时被身边的美景所吸引,走走停停。

帝辛游兴正浓,频频回头唤妲己的芳名。

摘星楼上,微风习习,圆月似乎伸手可触。

妲己依偎在帝辛的怀中,玉臂外露,凝望着天上的星星。

帝辛也仰望苍天,道:"孤今生有爱妃一人足矣!"

妲己秀目微睁,言道:"哪个女子不渴望有个宽厚的臂膀可以依靠? 不渴望有个男人来哄自己、宠自己? 只是这一切像做梦一般,来得太突然了。妾担心这样的幸福像昙花一样,来得快,去得也快。"

帝辛抚着妲己的披肩秀发,嗅着妲己身上淡淡的体香,觉得每个毛孔都是舒畅的。他凝视着妲己,道:"人常道,江山美人,缺一不可。孤爱江山,更爱爱妃这样的美人。"

妲己道:"人易老,颜易衰,谁又能保一世红颜?"

帝辛道:"那孤就教爱妃个法子,可以永远拴住男人的心。"

妲己仰起头,急切地问:"什么法子?"

帝辛道:"爱妃可知男人最怕的是什么?"

妲己摇摇头,道:"不知。"

帝辛道:"那爱妃猜猜。"

妲己试探着问:"难道是老虎?"

帝辛摇了摇头,道:"老虎有何惧? 孤即可手格猛兽。"

妲己道:"难道是鬼神?"

帝辛又摇了摇头。

妲己想了想,继续道:"是不是死亡?"

帝辛道:"孤生在日、月、星之下,自来到这个世上,便没有打算活着回去,死有何惧?"

妲己怯怯地说:"那大王快告诉妾吧。妾愚笨,实在不知。"

帝辛笑笑,道:"好,好,那孤就告诉爱妃吧,男人最怕的就是……"说着他用手指刮了一下妲己的鼻子。

妲己道："快说嘛，大王莫再戏弄妾了。"

帝辛接着道："男人最怕的就是……女人的眼泪！爱妃一哭，孤的心都要碎了。"

妲己举起香拳，捶向帝辛的胸膛，娇声道："大王好坏，净拿妾寻开心。"

第二日，布司宫女小红奉命到寿仙宫为妲己量衣。

这小红原来也在浣洗房洗衣，后来托了姜王后的关系，调到布司做事了。小红是庶人出身，论地位高过妲己，在浣衣房时便老欺负妲己。今日她本不想来，怎奈另一个会量衣的宫女病了，她只好前来。

小红站在妲己身后，先给她量了腰围，又量了腿长，接着想量臂长，便道："抬起来。"妲己以为她要为自己量鞋的尺寸，便把脚抬了起来，鞋一下蹬到了小红的身上。小红一看火冒三丈，以为妲己有意埋汰自己，吼道："让你抬胳膊，你抬脚干什么？"

妲己也不示弱，道："你光说抬，又没说是抬腿还是抬胳膊啊！"

小红道："你分明是想羞辱我，还要耍赖。自己才几天不当奴隶，就狂妄起来，看不起人了。"

妲己平白受了冤枉，自然是气不打一处来，随手从几案上拿起一个铜盘，掷向小红。

陪同而来的朱升见状，赶快上前道："娘娘息怒，娘娘息怒，不要和这贱人一般见识。"又转向小红道："你怎可随意乱说？还不赶快跪下，向娘娘赔罪！"

小红屈了一下腰，道："好了，好了，算奴婢冤枉了娘娘，行了吧。"说完，夺门而出。

事后，妲己一直盼着帝辛能来，向他诉一诉心中的委屈，但一直到天黑，也没见到帝辛的人影。

原来，帝辛散朝后去了中宫。

姜王后见帝辛至，冷冷地问："大王今日怎有兴致到中宫来了？怎的不在小妖精那儿过夜了？"

帝辛耐着性子道："孤在那儿过夜怎么了？哪个王不是左拥右抱的？就连一个小小的西伯，都纳了二十四妃，生了九十九子。孤总共三个妃子，就这还一个去了，一个不中用，难道孤就只能独守你一人不成？"

姜王后冷冷地说："妾不是反对大王纳妃，天下多少好女子大王不要，非要纳一个战俘为妃，让一个奴隶天天与我同堂而处，贵贱不分，这不是成心让天下人看妾的笑话吗？"

帝辛道："奴隶怎么了？奴隶也是人，奴隶也是我大商的子民。自古得天下之众者王，如果没有了子民，孤还做哪门子大王？"

姜王后怒道："大王先是不顾王族的反对，废除了奴隶殉葬制，这也就算了。现在大王又不顾祖制，纳一个奴隶为妃，这宫中还有一点伦理纲常没有？"

帝辛道："妲己她本是有苏部落族长的女儿，因为战争才沦为了奴隶，其原来的地位并不卑贱。"

姜王后道："不卑贱？是不是还很有涵养？有涵养到拿盘子去掷人家布司的小红？才当了几日的妃子，就不知自己姓甚名谁了？"

帝辛道："罢罢罢，妲己没涵养，你们这些人知礼节、品行高，行了吧？"说完甩袖而去。

见帝辛走出门去，翠儿忙过来安慰姜王后："真是邪了门了，以前大王对王后挺好的，从未对王后发过这样大的火。"

姜王后道："大王是被那小妖精勾了魂了，自那小妖精被纳进宫，我这心里就没安生过。这男人要是想下水，真是九头牛也拉不回来。"

翠儿道："王后拉不回大王，何不在妲己身上想想办法。对王后来说，灭个小小的妲己还不是易事？"

姜王后猛然醒悟道:"也对,我斗不过大王,难道还斗不过一个小小的奴隶?"

翠儿道:"奴婢有句话,不知当讲不当讲?"

翠儿乃姜王后出嫁时带过来的贴身侍女,对姜王后向来忠心,姜王后也很信任她。姜王后道:"有什么话尽管讲。"

翠儿向四周看了看,走上前,与姜王后耳语了一番。

姜王后道:"此计甚妙,就依你所言吧。"

次日一早,姜王后便把展娟唤至跟前,道:"寿仙宫苏贵妃那里,现无人伺候。大王昨日来,有意让你过去服侍,一会儿就收拾收拾东西,过去吧。"

展娟闻言,忙跪地道:"难道是奴婢哪里做错了吗?王后为何要将奴婢扫地出门?"

姜王后道:"非你之错,也不是要将你扫地出门,实在是那里比这里更需要你。"

展娟道:"奴婢不愿去,奴婢只想留在这儿伺候王后。"

姜王后顿了顿,道:"展娟,我问你,你要说心里话,我一直以来对你如何?"

展娟道:"王后对奴婢的好,奴婢都记在心里,奴婢生为王后的人,死为王后的鬼。"

姜王后闻之,知此女可用,便让翠儿去扶展娟起来。

展娟流着泪,死活不肯起。

姜王后亲自走过去,将她扶起,道:"你跟了我两年,我岂会不知你的一片忠心?正因如此,我才欲派你去监视那妲己的一举一动。你去之后,寿仙宫有什么动静,要随时报来。"

展娟听明原委,便放下心来。她因与小红要好,正愁没机会替小红出气,遂抬头道:"原来如此,那奴婢就谨从王后之言,去寿仙宫'伺候'那位娘娘好了。"

展娟到寿仙宫后,表面上恭顺谦和,实则两面三刀。帝辛在时,她殷勤备至,极尽乖巧之能事。帝辛不在时,她偷懒耍滑,妲己叫她四五回,也不应上一声。暗地里,常往中宫跑,将妲己的一言一行都报告给姜王后。

妲己对展娟的行径看在眼里,只是初入王宫,羽翼未丰,虽有帝辛宠爱,却不想树敌过多,故而装作不知。

这日,用过大食后,妲己不愿再面对展娟,便去了馨庆宫。

馨庆宫清静幽雅,院内植有大片的竹子,宫内挂有吊垂的兰草。

妲己进去时,宫女莺歌正在给杨贵妃梳妆,燕舞正在哄淇妮吃饭。

杨贵妃娘家势单力薄,加上身子不大好,所以平日里很少参与后宫争宠之事,宫内的宫女们也不那么势利。见妲己进来,两宫女忙躬身给妲己问安。

杨贵妃边看铜镜,边说道:"淇妮,你的救命恩人来了。"又回头对莺歌道:"还不快给苏娘娘备座。"

淇妮仰起小脸,甜甜地说了声"给苏娘娘请安"。

妲己走过去,抚了一下淇妮的茸发,道:"快吃饭吧。"

淇妮调皮地笑了笑,淡然道:"苏娘娘怎长得如此白?真是太好看了!"

妲己笑了笑,道:"无论黑白,只要健康就好。"

杨贵妃在一旁道:"我用过好几个方子,也不见皮肤白起来。妹妹是如何保养的?可有什么好的法子?"

妲己道:"并未刻意保养过,只是儿时家里种有几棵柠檬树,柠檬熟时常挤些汁喝,挤过的柠檬皮放入水中,每日沐浴,肌肤便嫩白不减。"

杨贵妃梳妆完毕,起身道:"我向来怕酸,东夷方国所贡柠檬,皆做送人之物,以后也要学妹妹,留下试上一试。"

妲己与杨贵妃又说了一会儿话,见时近日中,便起身告辞。

寿仙宫内,展娟正坐在临门的石墩上吃炒豆,周围散落了不少。妲己经过时,不小心,脚下一滑,身体便不受控制地向前倾去,转瞬间仰面而倒。展娟一怔,继而弹跳起来,连连后退,道:"我不是故意的,我不是故意的。"

淇妮正好来给妲己送她遗落在馨庆宫的手链,见妲己踩到豆子滑倒,忙朝她跑去,边跑边喊道:"苏娘娘,苏娘娘。"待跑至妲己身旁,淇妮发现妲己的后脑勺上全是血,不禁吓得大哭起来。

展娟回过神来,哄淇妮道:"今日的事王女对谁也不许讲,谁要问起,王女就说是苏娘娘自己不小心滑倒的,记住了吗?"

淇妮傻愣愣地点点头。

展娟又恶狠狠地说:"如果要说错了,奴婢就弄条大花蛇,偷偷放到你的衣服里。"

淇妮一听,吓得扔下手链就跑了。

妲己睁开眼时,医官已经给她止住了血,人也躺在了床上。

帝辛坐在床边,握着妲己的手,见她睁开眼,忙问:"好些了吗? 还痛吗?"妲己只是流泪,默不作声。

帝辛又道:"爱妃走路也不当心些,多亏展娟及时叫了人来。"

听到"展娟"二字,妲己气得脑袋嗡嗡作响,指着展娟道:"谢她? 就是这贱婢害的妾。"

展娟急道:"不是奴婢,是娘娘自己踩空了,才跌倒的。"

妲己睨了展娟一眼,想:"哼,不管怨不怨你,这次都要把你这颗钉子拔掉。"

她摇了摇帝辛的手,坚定地说:"大王要给妾做主啊! 妾再也不愿意看到这个贱婢了。"

帝辛遂命侍卫道："拉出去，先把这个贱婢给关起来。"

展娟被侍卫押着，边走边狡辩："不怨奴婢，真的不怨奴婢，是娘娘自己滑倒的。"

帝辛心疼妲己，亲自喂汤敷药，擦脸压被，一刻也不离开她。

待疼痛稍轻了些，妲己问道："大王打算如何处置展娟？"

帝辛道："施以劓刑如何？"

妲己道："此女是王后派来监视妾的，妾的一言一行，宫内大小事宜，她皆偷偷向王后报告。二人勾结在一起，欺我太甚。妾因大王之故，不和她一般见识，谁知她竟如此狠毒，欲取妾性命，如不严惩，恐怕妾在这深宫永无立足之日。"

帝辛道："爱妃以为如何处置为当？"

妲己道："妾思之，不罚则已，既罚就一罚到底；不惩则已，既惩便永绝后患。如若简简单单就放过了她，她有王后撑腰，不把寿仙宫掀个底朝天才怪呢！"

帝辛道："那就施以劓刑吧。"

妲己道："劓刑亦轻，妾有一法，不知大王意下如何。可让人做一铜柱，柱上涂满油脂，柱下烧以炭火，让有罪之人从烧热的铜柱上走过，十有八九会跌落火中活活烧死。如此不仅能惩罚作恶之人，亦能威慑旁观者。"

帝辛道："爱妃说得极有道理，这宫里宫外，与孤作对之人越来越多，也该整治整治了。此刑正合孤意，就取名为'炮烙'吧，孤这就命人准备。"

次日一早，杨贵妃带着淇妮，在莺歌、燕舞的陪侍下，前来看望妲己。杨贵妃坐于妲己床畔的矮几上，轻声道："如今正是多雨天，路潮石滑，妹妹以后走路，要多当心些才是。"

妲己道："姐姐身子不好，让宫女来看看就行了，何必又亲自跑一趟。"

话还没落,姜王后也在翠儿的陪侍下来到了寿仙宫。

姜王后上前,假惺惺地问道:"妹妹可好些了吗?"

妲己扭过头,静默不语。

姜王后又道:"翠儿,赶快把药油拿过来,给苏娘娘抹上。"

妲己缓缓道:"不敢劳烦王后,贱妾受之有愧。"

姜王后无趣,转身向帝辛道:"苏妹妹跌倒,并不是展娟所为,大王将其关起来,实属不妥。以妾的意思,倒不如让其早点出来,也好服侍苏妹妹。"

帝辛道:"这院里就她一人,不是她所为又能是谁所为?"

姜王后道:"就因为当时仅有她们二人在场,所以大王绝不能听信妲己一人之言。展娟跟妾多年,其人品妾是知道的。依妾看,她再怎么胡闹,也不会做出这等事来。"

这时,淇妮突然拉了下杨贵妃的衣角,道:"我看见了。"

姜王后瞪她道:"小孩子家,你看见什么了? 一边儿去。"

淇妮有些害怕,便躲到了杨贵妃身后。

杨贵妃道:"对,妾想起来了,昨日苏妹妹刚回,妾便发现她的手链落在了馨庆宫,于是就让淇妮给她送来。"

帝辛道:"淇妮,过来,告诉父王,你都看到什么了?"

淇妮道:"我不敢说,展娟说了,如果我说出来,就把蛇放到我的衣服里。"

帝辛走过去,抱起淇妮道:"放心说,有父王在,谁敢往淇妮衣服里放蛇,父王必定剁了她的手。"

淇妮望了望四周,怯生生地说:"我看见展娟在吃炒豆,苏娘娘踩到了地上的豆子,便滑倒了。"

杨贵妃追问道:"你可看仔细了?"

　　淇妮道:"看仔细了,而且……而且还看到苏娘娘倒了以后,展娟将地上的豆子捡起来,扔到了墙外。"

　　帝辛指着姜王后道:"看看,看看,这就是你调教出来的好宫女。小孩子不说假话,妲己都伤成这个样子了,你还设法为展娟开脱,不知是何居心……"

　　姜王后张口欲辩,又怕说多了牵连到自己,便不再言语。

　　帝辛问朱升道:"去问问铜柱支好了没,立即将展娟施以'炮烙之刑'。"

　　众人皆不知什么是"炮烙之刑",便纷纷往殿前广场去看新鲜。

　　王宫外宽阔的广场上,一根巨大的铜柱架在两块方石之间,柱子上涂满了油脂,在阳光的照射下闪光发亮。两个刑房的宫人正在柱下生炭火,随着火焰的升腾,铜柱愈发红亮。

　　过了一会儿,两个刑官押着展娟走了过来,展娟不停地喊:"王后救奴婢,王后救奴婢……"姜王后给她使眼色,意欲让她住口,然而此时人来人往,展娟也难以看见。

　　随着帝辛的一句"行刑",两个刑官便把展娟的鞋子脱掉,将她押上了方石。这时,帝辛又说道:"展娟,只要你走过此柱,孤便免你一死,就看你的造化了。"帝辛的话音刚落,两个刑官便将展娟推到了柱子上。只听"哧啦"一声,展娟双脚生烟,接着一声惨叫,跌落火中……随即,一股呛人的肉焦味弥散开来,围观者皆掩着口鼻,逃散而去。

　　"展娟事件"使王后一方遭受重创。姜王后本以为妲己涉世未深,不是对手,没想到她的心肠竟如此狠毒,出手竟如此果断、决绝,从此对她再不敢小觑。

　　展娟死后,帝辛为妲己换上了新的宫女海棠,并将妲己的好姐妹喜媚从浣洗房调到寿仙宫陪侍她。

　　喜媚就是救过妲己性命的浣女,她是帝辛征东夷时带回的俘虏。

由于两人都是战俘,在浣洗房时关系就比较好,经常在一块儿干活,空闲的时候也常常在一起戏耍。妲己被别的浣女欺负时,也是喜媚出手相助。

喜媚到寿仙宫后,与妲己自然是一个鼻孔出气。两个人没事就凑到一起商议如何讨帝辛欢心。帝辛喜欢歌舞,寿仙宫里便朝夕歌舞不停,靡靡之音不断。帝辛喜欢饮酒,妲己与喜媚便左右把盏,笑颜相陪。如此一来,帝辛对妲己更是百般宠爱,言听计从,几乎到了"妲己之所誉贵之,妲己之所憎诛之"的地步。

第九回　　　比干上谏建粮仓
　　　　　　帝辛下令造鹿台

　　自从有了妲己的陪伴,帝辛就像换了个人似的,声音也洪亮了,脚步也轻快了,就连上朝也是满面春风。

　　这日,闻仲见帝辛高兴,便将黄洞西山练兵的进展,奏表一番:"启奏大王,东南二沟,马兵峪和步兵峪各进兵一万人,已开始操练。西北二沟,铁炉沟内,冶炼作坊、铸铁作坊已投入使用,铁匠已开始锻造兵器;铜炉沟内,已建好上炉台和下炉台,陶范已制作完毕,熔炉也准备就绪,木炭正源源不断地运入,只等南方的铜料、锡料运来,便可开工。"

　　帝辛问:"铜料和锡料还需多久方能运达?"

　　闻仲道:"目前已过颍水,到达朝歌还需十来日。"

　　帝辛道:"你可派郊儿前去接应,不要有任何差池。"

　　闻仲应诺归位。

　　黄飞虎出列奏道:"淇水关所在的村子地势较高,每次淇水泛滥都能幸免于难,故被称为'高村'。高村正中有一条东西流向的小河,河上小桥狭窄,人过时心惊,马过时失蹄。臣奏请追加些军饷,将此桥进行改造,既便于日常通行,又便于军粮运送,不知可否?"

　　帝辛道:"此桥不大,所需物力、民力有限,卿可与元铣商议,修造便是。"

杜元铣道："正巧建摘星楼时还余些石料,如需要,派人运去即可。"

比干接着道："今年风调雨顺,夏秋两季俱获丰收,王都大小粮仓充盈,粮食无处存放。臣奏请在钜桥新建粮仓二十座,以作丰年储粮之用。"

帝辛道："民无粮则慌,国无粮则乱。少师所言有理,应趁丰年多储些粮食,以备灾年之需和争战所用。此事由元铣督办,费中辅之,要尽快选址、开建、完工,争取明年麦收前投入使用。"

微子见说到工程一事,上前道："存放祭器的宗室经多次修缮,今又破败不堪,透风漏雨。依臣之见,不如狠下心来,重新建之。"

帝辛正为妲己让自己建一个存放奇珍异宝之地而苦恼,闻此言不禁暗喜。他正了正身子,高声道："国不可轻祀,人不可忘本。我大商江山,来自列位先王的浴血奋战。任何时候,都不应忽视对列祖列宗的祭祀。孤思之,可将新宗室建于金牛岭西侧鹿台一带,该处背山面水,从风水上讲是块宝地,且离行宫及老寨也比较近,便于进出和防护。诸位爱卿以为如何?"

费中首先附和道："'鹿'谐'禄'音,取福禄祯祥之义,在鹿台新建宗室,祭祀先帝,定可使我大商国富民强,江山永固。"

其他大臣也纷纷表示赞许,唯杜元铣担忧频兴土木会劳民伤财,引起民怨,但又怕公然反对落得商容下场,于是迂回道："臣与费中不日便要在钜桥建粮仓,此工程浩大,工期紧急,建鹿台一事,不妨稍缓一缓,待粮仓建成后再议如何?"

微子主管祭祀,对宗室自然非常上心,见杜元铣出来阻拦,便道："如果杜太师和费大夫难以分身,可令崇侯虎过来督造。臣闻崇侯虎所建之城,筑路于悬崖峭壁之间,立于千仞青山之上。如在山区建造宗室,崇侯虎当属不二人选。"

帝辛道:"崇侯虎对我大商向来忠贞,确是合适人选。听卿所言,他又善于工事,就召崇侯虎来监造吧。"

箕子道:"臣闻大王创'炮烙之刑',前日在宫中烧死了一个宫女。此事残忍,路人闻之色变。为王者当广施仁政,以仁德治天下,万不可以刑代教。如若不然,严刑酷法会寒了天下人的心,以至于危及江山社稷。"

帝辛不以为然,道:"父师言重了。处置后宫之事,孤自有分寸,不劳父师劳心。父师有空,还是多研习研习你的围棋和'箕子操'吧。"

帝辛说完,见无人再奏,便散了朝。

散朝后,杜元铣便邀费中到钜桥进行实地勘察,没几日便选好了建造之地,敲定了建造方案,开始修建粮仓。

不巧的是,开工不久,杜元铣染上了风寒,日夜咳嗽不止,多方施治却不见效。如此一来,建造粮仓之事便落在了费中一人头上。

费中乃善谄好利之徒,独揽建造大权后,便起了贪心。钜桥粮仓所用的石板,皆凿于朝歌城西南的云梦山上,每次运石板的牛车途径朝歌时,费中便会让手下的恶来截留几车,运抵自己府中。后来,他又把建粮仓的工匠抽过来,用这些石料在自家的后花园砌了一个偌大的鱼池。钜桥的粮仓尚未竣工,费府的鱼池却先注了水,放了鱼。

帝辛听闻钜桥粮仓用了不足三个月的时间就完工了,对费中是大加赞赏。不过,令费中没有想到的是,帝辛提出要亲临粮仓察看。得知这个消息后,费中直冒冷汗,暗想:"如果存入粮食,粮仓是否铺石板根本看不出,可现在粮仓都空着啊!谁能想到大王要这个时候去呢,这可怎么办?真是急死我了。万一露了馅儿,依大王的脾气,非把我剁成肉酱不可,没准还要尝尝'烤肉'的滋味。"

当天夜里,费中招恶来商议对策。恶来道:"所建粮仓,临门六座,地面全是铺了石板的。里面十四座，仅仓门口铺了一小片，只有进了粮食才不会看出漏洞。千万不能让大王往里边走啊！"

费中急道："腿长在大王身上，他执意要往里走，我能怎么办？"

恶来道："腿长在大王身上，但嘴长在我们身上，到时候好言相劝便是。"

费中道："难啊！"

恶来却拍着胸脯说："放心，此事包在我身上，保准无事。"

费中道："此事关系到你我二人的身家性命，你一定要考虑周全啊！"

商议完，恶来回去准备了，费中却寝食难安。

说话间视察的日子到了。这天，帝辛过了淇水，尚未下舟，费中就乐呵呵地迎了上去，道："微臣在此恭候多时了，恭请大王实地察看。"

帝辛摆手示意了一下，便上了马车。费中随后登车驾马，驶向钜桥。

钜桥粮仓的大门由巨石垒砌，严丝合缝，浑然天成，帝辛看后直夸雄伟气派，有王家风范。

帝辛下了车驾，在众人的陪同下直奔粮仓。

粮仓内，青石作底、垛土筑墙、竹席为顶，上上下下扎实坚固，帝辛非常满意。对仓底厚实的青石，更是称赞不已，捋须道："费爱卿甚有远见，有了这层青石，既能防鼠，又能防潮，实乃粮仓稳固之石、社稷稳固之基啊！"

费中虽心系悬石，脸上却不敢有半点表露，不断吹嘘着："此等大仓，即便是三皇五帝时，恐也未曾建过。每仓可储粮两万石，二十仓便是四十万石，足够我王都一年之需。"

帝辛接连转了六座粮仓，正想再往前看看，却没了黄土垫道，便停下来指着远处那几座粮仓道："那几座规模、结构也是这般吗？"

费中道:"回大王,仓仓如此。"

帝辛喜道:"有仓如此,孤心甚安。"看天色还早,兴致正高,便道:"走,再往前看看去。"

费中顿时有些紧张,急阻道:"前面的路,土厚泥多,要不等下次……路好了再看吧?"

帝辛道:"孤今日高兴,溜达溜达也好。"

费中想了想,道:"今日炎热,大王不如先去工房用些茶水吧。"

帝辛边往前走边道:"等看完了,一并喝吧。"

费中的心顿时又悬了起来,暗叹道:"这次露馅儿是肯定的了,这可怎么办呢?唉……难道老天非要灭了我费氏不成?"

帝辛兴致盎然地向前走去,忽然"哎呀"一声,停了下来。费中一惊,冲上前定睛一看,原来帝辛踩在了一抔牛粪上……

帝辛无趣地笑了笑,道:"看来,真该听费爱卿的话啊,不走这几步便无这般事儿了。"

费中赔笑道:"大王说笑了。"忙四处张望,但既无布,又无水,一时竟不知该如何是好。

正在这尴尬之际,后面跟着的恶来"哧啦"一声,扯下一只衣袖来,三步并作两步走到帝辛身边,蹲下身子,给帝辛擦拭起靴子上的牛粪来……

没想到,恶来竟如此机智。

帝辛眯着眼赞许道:"此子可用,此子可用。"

靴子擦拭干净后,帝辛已无心再往前走,便回了宫。

望着帝辛远去的身影,费中终于长出了一口气。

钜桥这边的情况有惊无险,不管怎样,总算是蒙混过关了。鹿台那边却是另一番景象。

崇侯虎为人残暴,虽对帝辛忠心耿耿,却对庶民视若草芥。为了早日建成鹿台，讨帝辛欢心，鹿台还未开工，崇侯虎便开始强征工匠。各方国工匠，有钱的还好些，出些钱就不用出役了。没钱的可就惨了，哪怕是独子也要赴役，民众苦不堪言。

所征工役连同从各方国征来的奴隶到了工地后，崇侯虎以防奴隶偷懒、逃跑为名，每日只让他们吃一顿饭，且还是稀汤寡水，有时甚至连个米粒都见不着。到了晚上还要给他们带上枷锁，关进狭小低矮的工棚。

鹿台地势险峻，修筑之时，既要搬运木头、石料，又要不时地攀爬，不仅消耗体力，也十分危险。崇侯虎为赶工期，省却了很多防护措施，不少奴隶正干着活儿，一不小心就从架子上掉下去，命丧黄泉了。不仅如此，崇侯虎还杀了很多奴隶用于奠基，如：挖好基址后，将奴隶与狗一起埋入；立柱之前再次埋入奴隶；安门之前，在每个门槛的前后左右还要再埋奴隶一至三人，作为"守卫者"。

如此暴行之下，奴隶们求生无门，逃跑事件时有发生。一日夜间，又一批奴隶趁人不备，砸断枷锁，杀死了看守工地的监工，趁着茫茫夜色向外逃去。可是令他们没有想到的是，崇侯虎为防奴隶出逃，早在金牛岭上布置了重重机关，士兵们十人一岗、五人一班，日夜轮流值守。当发现有人逃跑，一声哨响，百余名值守的士兵就手持刀枪从四面赶了过来，见到逃跑的奴隶，冲上前就是一阵砍杀。赤手空拳的奴隶们，躲得了这刀，躲不过那枪，顷刻间就伤的伤、死的死，血淋淋倒成一片。

值守的士兵见奴隶们一个个没了动静，便去向主管成卫的吕成请示："头儿，这些人怎么办？"

吕成头也没抬，道："老办法，死者拖走，伤者活埋，全部葬于鹿台之下，也省得我们挖土填坑了。"

从此以后，鹿台下白骨累累，朝阳山上阴气重重，时常出现旋风、扬沙、阴霾等古怪天气。

第十回　帝辛鹿台宴诸侯
姬昌羑里演周易

话说,这鹿台一建便是七年。

鹿台建成,帝辛为彰显大商威仪,定于中秋之日大宴诸侯。

进入八月,奔向朝歌的车队便一天天多了起来,驿道上车水马龙,淇水上舟船忙碌。大商八百镇诸侯,急速赶往朝歌,生怕错过了这一盛事。随诸侯们而来的,还有大车小车的金银、珠宝、粟稻、布帛,成群的牛、马、猪、羊,以及其他罕见之物。

一时间,朝歌城内,热闹非凡。大街上人来人往,川流不息。酒馆内推杯换盏,人声鼎沸。到了晚上,更是灯火通明,彻夜不眠。

转眼就是中秋,这日一早,帝辛登上马车,在群臣的陪同下,驶向鹿台。

越过金牛岭,鹿台便跃然于眼前。

举目望去,鹿台巍峨耸立,高四丈九尺,亭台楼阁皆依山势而建,错落有致;扶手栏杆皆由白玉砌就,精雕细琢;梁柱都是用玛瑙镶嵌,晶莹剔透;楼顶上宝石光芒四射,墙壁上金玉闪闪发光。台下是一泓潭水,色如碧玉,亮如明镜,水面九曲八折,彩虾晶鱼游弋其间。四周密林重重,树木郁郁葱葱,遮云蔽日,珍禽奇兽隐现其中。

帝辛一行过了潭上所架长桥,迎面便是列队等候的大小诸侯。

进得殿内,帝辛落座,诸侯们纷纷上前参拜。

参拜完,帝辛设宴于殿内。

帝辛居中,诸侯与大臣分列两侧,席地而坐。

宫女们手持金壶斟满美酒,众人举爵,共贺大商基业永固、繁荣昌盛。

整个宴会共行酒九次,每饮一爵,都会有相应的表演,或乐曲,或舞蹈,或杂技。

饮毕第二爵,宫女们为每案端上"朝歌三特"各一盘。朝歌自古就有"雪白庄的苹果油城的梨,大水头的柿子甜似蜜"的说法。雪白庄的苹果与油城的梨自不必说,单说这大水头的柿子,别看这柿子个儿不大,但红若火焰、晶莹剔透。除掉柿蒂后,露出一个小圆孔,对孔轻轻吸吮,柿子的蜜汁便立刻盈满口腔,甜甜的,滑滑的,如琼浆,似甘露,能甜到人的心窝儿里去。

待饮过第三爵,宫女们手执玉盘,为每案端上"淇水三珍"各一份,即无核枣、缠丝蛋和淇水鲫鱼。无核枣产于金牛岭外山地,因有一次帝辛吃的时候被枣核硌到牙,说了句"这枣就不能没有核儿吗",此后便真的"没了核"。缠丝蛋产于淇水中游王滩、许沟一带,因此段水草茂盛、鱼虾丰美,鸭子下的蛋煮熟后,呈一圈一圈红黄相间的美丽花环。淇水鲫鱼更是奇特,条条双背,肉质鲜嫩,被许多人喻为"河里淇鲫少,其价贵如金",能食到者自然是有口福之人,非权贵难享口福。席间,帝辛还亲自持匕,将双背淇鲫分给邻近的方国君长,让这些地方诸侯感恩流涕。

饮过第四爵,宫女们端上了稻米肉酱饭、黍米肉酱饭、烧羊羔、烤乳猪等"四味"。

饮过第五爵,又上了脍肉扒、酒香牛肉、烘肉脯和烤狗肝等"四味"。

饮过第六爵,又上了东海之鲕、洞庭之鱄、醴水之鳖、藿水之鳐等"四鲜"。

第七爵后,上的是昆仑之苹、南极之碧、阳华之芸、云梦之芹等四菜。

第八爵后,上的是大羹、鹄羹、铡羹等"三羹"。

第九爵,众人再次对饮,行酒方结束。

之后,管弦合奏,钟磬齐鸣,百余名歌姬舞伎上场,表演大濩乐。

乐起,男子手执驭马的缰绳,个个阳刚有力;女子手执排箫和雉鸟羽翎,个个妩媚娇柔,边舞边歌:

> 猗与那与!置我鞉鼓。奏鼓简简,衎我烈祖。汤孙奏假,绥我思成。鞉鼓渊渊,嘒嘒管声。既和且平,依我磬声。于赫汤孙,穆穆厥声。庸鼓有斁,万舞有奕。我有嘉客,亦不夷怿。自古在昔,先民有作。温恭朝夕,执事有恪。顾予烝尝,汤孙之将。

用现在的话唱就是:多么美好多么堂皇,拨浪鼓儿安堂上。鼓儿敲起咚咚响,娱乐先祖心欢畅。汤孙奏乐来祭告,赐我太平大福祥。拨浪鼓儿响咚咚,箫管声声多清亮。音节调谐又和畅,玉磬配合更悠扬。啊,汤孙英名真显赫,歌声美妙绕屋梁。敲钟击鼓响铿锵,文舞武舞好排场。我有嘉宾来助祭,无不欢乐喜洋洋。在那遥远的古代,先民行止有法度。早晚温和又恭敬,小心谨慎做事忙。冬祭秋祭神赏光,汤孙至诚奉酒浆。

整个大殿内,场景美轮美奂,场面气势恢宏,歌声慷慨激昂,舞姿曼妙优雅,让人如痴如醉。

舞毕,帝辛起身道:"诸位不远千里,觐见于朝歌,乃我大商之盛事也。诸位尽可玩上三五十日,待酒足肉饱,一览美景后,再归不迟。"

宴后,诸侯们自由结伴,有继续在鹿台欣赏美景的,有奔云梦山观十里断崖的,有赴灵山朝拜女娲娘娘的,有至淇水戏水赋诗的,有去黎阳漂流的,也有到朝歌走亲访友的,独崇侯虎哪里也没有去,见帝辛去往偏殿,便跟了去。

帝辛正欲饮茶,见崇侯虎进来,遂吩咐朱升道:"快给崇侯也斟一杯。"崇侯虎躬身谢恩。帝辛又道:"这几年,辛苦爱卿了。今鹿台一宴,给大商扬了眉、吐了气,彰显了王家威仪,孤非常满意,回去后必重赏你。"

崇侯虎忙跪地拜谢,道:"我崇氏一脉,自古就对大商赤胆忠心。为人臣子者,忠君乃是本分,纵然身死,亦不辞。"

帝辛赞道:"你族忠心,不言自明。你先祖在武丁朝,即为我大商的三大征伐战将之一,先后参与了对土方、鬼方、羌方等方国的征伐,立下过赫赫战功。崇城更是我王都西侧屏障,崇城固,则大商安!"

崇侯虎奉承道:"臣尽些微薄之力,是为臣之本分,也是臣的荣耀,与大王的福荫和庇护相比,不足道也。"

帝辛道:"若众诸侯皆如尔等,则我大商兴之久矣。"

崇侯虎道:"大王,人心难测啊!如今,忠顺之人亦有人毁之,奸佞之人亦有人誉之。"

帝辛道:"此番道理,孤心自知。卿造鹿台时,有告你贪财者,有奏你暴戾者,斥责之声不绝,但孤信你,自不疑你。自古以来,但凡浩大的工程,不乏怨其主事者专权、辱其帝王残暴无道者,但后世则多为之称赞,称之为奇迹。唉……人人都道王者狠,为王之志又有谁人知呢?"

崇侯虎道:"正如大王所言,大丈夫要施展抱负,当果敢、坚毅、心狠,若为他人之言所扰,事必不成。"

帝辛道:"那是,那是。成大事者不能被他人之言所左右。"

崇侯虎道："不过，世上多有不辨黑白、别人说什么就跟着说什么之人，唾沫星子淹死的未必全是坏人，街巷称颂的未必全是贤人。"说到这儿，他四下望了望，继而小声道："就拿现在的西伯姬昌来说，这次来朝歌，走到哪儿，屁股后面都跟有一群蝼蚁之众，附庸称颂。说实话，臣此生最恨这种标榜忠义的小人了。"

帝辛道："周人于孤，从来未曾一心。早在姬昌的祖父——古公亶父时，就有不臣之心，只因国力微弱而蓄势未发；季历继位后，周族势力不断扩大，文丁帝察觉其不臣之心，杀掉了季历；季历死后，其子姬昌多次进朝亲贡，表示臣服，父王帝乙为笼络其心，将王妹下嫁与他；孤知其仇商之心不死，只因这些年征有苏、伐东夷，不愿两线作战，才使其得以壮大。"

崇侯虎道："姬昌不汲史鉴，不思祖训，背地里暗耍手段，网罗了一些江湖说客，四处散布谣言，说大王如何如何嗜酒、好色、不敬上天，如何如何重用奴隶、残害忠良。长此以往，民众就会信以为真，这对大王十分不利呀！"

帝辛道："姬昌诳语，孤怎会不知？"

崇侯虎道："养虎难免为虎伤，不如趁其羽翼未丰，借此次朝贡，效仿文丁帝的做法，斩其首级，以绝后患。"

帝辛道："杀其不难，关键是要找一个合适的理由，以堵天下人之口。"

崇侯虎道："这几日姬昌频繁会客于酒馆，四处拉拢人心，可使人盯之，一旦掌握证据，便狠下心来，果断出手。"

周族势力的日趋强大本来就让帝辛心生猜忌，崇侯虎的话更使他感到不安。帝辛沉思片刻，遂下决心道："卿言之有理，孤即命方弼盯住他。"

过了没多大会儿，方弼便亲率一队人马悄悄离开鹿台，暗中跟踪姬昌。

姬昌离开鹿台后,约上好友辛甲、闳夭、散宜生等人前去青岩绝观景。

站在青岩绝顶,姬昌指着山下对众人说:"诸位快来,从这个位置往下看,这边阴鱼昂首向西,甩尾东北;那边阳鱼仰面向东,摆尾西南,像不像一幅天然太极图?"

辛甲上前,惊道:"确实如此,这阴鱼以一块空地作目,那阳鱼以翠绿松柏作眼,着实绝妙。"

散宜生听着啸啸山风,看着山下的涛涛碧波,感慨道:"淇水正欲东泄,至此忽折回倒流,背负阳宫,怀抱阴府,真似侠骨遇柔肠。"

姬昌道:"太昊伏羲上观天文,下察地理,创造了先天八卦。继而便有了'无极生太极,太极生两仪'之说,这'两仪'便是阴阳了。天之阳气下降,地之阴气上升,阴阳二气交感,方化生出万物,形成了雨雾、雷电、阳光、空气,这些事物再相互交感,生命才得以产生,万物才得以轮回不息。"

闳夭恍然道:"如此说来倒也是,天有日月,地分昼夜,时分寒暑,人有男女,这世上万物,皆有阴阳之分。"

姬昌道:"事分阴阳只是其一,更重要的是,这阴和阳之间是相依相存且可以相互转化的。你们看这个'易'字……"说着,他伸出右手,在左手手心边写边道:"这'易'字,上为'日',下为'月',即日去月来,月尽日出之意。所谓阳极生阴,阴极生阳,就是这个道理。"

散宜生道:"一事一物是这样,一国一族又何尝不是如此? 国有道,民众来臣;国无道,民众离心。"

待姬昌一行从青岩绝归来,朝歌城内已是万家灯火。他们刚进金庭馆驿,尚未坐定,同在此处下榻的一些方国首领便接踵而至,姬昌正欲借此次朝商之际拉拢他们,于是邀他们入座,共同饮酒。

一坛米酒下肚,诸侯们说话便没了顾忌,牢骚也随之多了起来。

诸侯鲜首先道:"自帝辛继位以来,连年征战,每次征伐都要向我方索取大量的刍草和牲畜,入不抵赋,我方民众深受其苦啊!"

诸侯良愤然道:"取些牲畜和粮食也就罢了,作为方国,伸伸脖子也能咽下去。可恨的是,大商欺我方弱小,每年都要我方进贡上千女子,或为仆人,或为奴隶,甚至还要供贵族玩乐,我方真是颜面尽失啊!"

诸侯越接着道:"最悲惨的当属我方,大商每每祭祖、祭旗、殉葬、奠基,都要杀我方之人。想我族人,被商人恣意杀戮,形同羔羊,一点尊严也没有。"

诸侯期站起身来,愤愤然道:"被杀虽不好听,但也爽快利索,不受活罪。自帝辛继位后,不是修城池、建摘星楼,就是盖粮仓、造鹿台,年年大兴土木,日日要我们派工匠,服劳役,派出去的人,不是被累死,就是被饿死!"

姬昌见群情激愤,便说道:"帝辛狂妄、专权,总以为天命所归,便肆意妄为。殊不知,天亦有天道,天赐王土,若珍惜之,则四海升平;若祸乱之,则四土必失。天下之土,宁有名乎?无也。桀之不道,则汤承之;帝辛不道,亦不能长守。"

一直未曾发声的诸侯纳亦流露出不满,道:"在帝辛眼里,远者自远,亲者自亲,永远也不可能改变,想我方堂堂黄土高原之大国,归服大商后,年年纳贡不说,还要无止境地服兵役、服劳役,即便如此,帝辛连个好脸儿也没给过。"

姬昌道:"所谓天下,即是强者之天下,你不争不抢,他人未必不觊觎。有道是以攻为守才能固天下,一味死守,不如主动出击。"

诸侯纳叹道:"可我们力量太弱了,与商对抗恐怕讨不到好处。"

姬昌从案上拿起一根筷子,将其折断,道:"一根筷子,稍用力就能折断,想折一把筷子就没有那么容易了。要想伐商成功,必须团结在一起。"

诸侯期道:"如要举事,必有领袖。早闻周侯推行仁政,德化民众,天下贤士皆奔西岐。如今,西岐经济发达,政治清明,社会稳定,深得人心,如周侯愿举义旗,我方定当随之。"

其他几个诸侯也都纷纷点头道:"我们亦愿追随。"

姬昌嘘声道:"此事事关重大,要注意保密,切不可泄露出去。"

方弼坐在姬昌的隔壁,姬昌等人的一言一语他都听得清清楚楚,见时候差不多了,便向乔装成随从的士兵使了个眼色,夺门而入,大喊道:"姬昌,什么事不可泄漏出去?"姬昌见状,顿时满脸惊愕,其他人也都被这突发状况惊呆了。

方弼挥手道:"全都拿下。"

随后,席上众人皆被绳捆索绑,推至门外。其中一个喝多了,踉踉跄跄地走着,嘴里还嘟囔着:"周侯,你也太不仗义了。我们刚刚表态追随你,你却让人将我们绑了去……"

第二日早朝,群臣早早就到了九间殿。

帝辛入殿,诸臣拜毕,比干便上前道:"臣闻昨晚大王拘捕了姬昌等九位诸侯,可有此事?"

帝辛道:"姬昌表面上对孤顺从,实则内怀奸诈,到处污蔑孤、诋毁大商,意欲与孤争夺民望。孤忍他久矣,昨晚拘他实属无奈之举。"

比干道:"我大商自成汤以来,多以仁政治天下,以德化安诸侯,怎可仅凭一些闲言,便拘捕一方诸侯?"

方弼出列道:"昨晚我在金庭馆驿听得真真切切,几位诸侯先是喝了些酒,然后就大发牢骚,抱怨我大商贡赋如何重,劳役如何多,然后姬昌就蛊惑他人,'天下之土,宁有名乎',诸侯们便推举姬昌举事,姬昌还告诫众人定要保密。"

闻仲道："姬昌身为商臣,位居伯侯,本该感念王恩,谨奉王差,谁知他竟心怀叛意。探子多次来报,姬昌暗中招揽人才,扩充兵力,并与周围几个小国私交频繁,说其有谋反之心,绝非虚言。"

比干辩道："姬昌素有威望,如其能笼络游离在边境的狄、戎各族,并非坏事,反倒有利于我大商西北部的安定。"

黄飞虎愤然道："姬昌之心,乃贼心也,其心不在安一域,而在吞大商。若放其归去,必有兴兵而至的那一天。望大王早下决心,除之而绝后患。"

箕子见形势愈演愈烈,上前斡旋道："于公而言,姬昌乃是商臣。于私而言,姬昌乃是大王的姑父,于公于私,均不可诛。"

闻仲反驳道："于公而言,姬昌当作商臣的表率。于私而言,姬昌当护大王的威严。姬昌之行,乃是谋反,谋反之人,当立斩。"

崇侯虎道："臣觉得姬昌决不会止步于伯侯之位,大王应趁其未成之时,早作决断。"

箕子拱手道："有道是,上位者施德于民,而民化之;施恩于臣,而臣报之。望大王三思。"

帝辛道："素闻姬昌扩编军队,收买民心。今又在王都妄议朝政,蛊惑诸侯,按例当斩。孤念及姑侄之情,赦其死罪,但死罪虽免,活罪难逃,削去姬昌爵位,将其囚于羑里。其余众人,是为从犯,每人杖责三十,回去思过。"

姬昌到了羑里后,被囚于幽暗、潮湿的地牢,受尽了狱吏的羞辱和折磨。虽年高体弱,却仍要与囚犯们一起背土筑墙。羑里之墙高丈余,绕行约五百步,筑墙所用泥土全是姬昌等人一筐一筐背负而来。白天苦于劳作,夜晚又被蚊虫叮咬得不能安睡,姬昌不禁悲叹："想我姬昌时时谨言慎行,老了老了居然因为贪杯,被拘于此。我已年逾古稀,死不足惜,只是父仇未报,难以瞑目啊!"

　　左思右想后，姬昌自忖，"不行，我须将兴周戬商大计写下来，留于周邦。可是，羑里兵来吏往，怎样才能不被发现呢？对，有了，我可假借演绎先天八卦之势……万一暴露了，也不怕……"

　　之后，姬昌便冒着随时被虐杀的危险，反复推演八卦，运用天人合一之术，将伏羲八卦的卦序进行了调整，演绎出后天八卦。后天八卦分为上下两篇，上篇三十卦，下篇三十四卦，共六十四卦，每一卦六爻，共三百八十四爻。最为重要的是，姬昌还为每一卦都写了卦辞，每一爻都写了爻辞。姬昌边推演边想，"如我儿有心，便可知这卦辞与爻辞的字里行间，皆是我平生之智和伐商之计啊。"

第十一回　公子发朝歌探父
　　　　　淇王女南门算命

姬昌密谋反商被囚之后，散宜生、辛甲、闳夭等人虽未被囚，却怕受到牵连，纷纷辞官，逃往西岐。

姬昌被囚的消息传到西岐后，姬昌的长子伯邑考急召众人商议对策。

伯邑考道："父侯被帝辛拘禁于羑里，至今已半年有余。如今父侯生死不明、安康不知，母亲终日以泪洗面。我欲亲赴朝歌，面见帝辛，替父侯申辩一二，你们以为如何？"

大夫散宜生道："帝辛无道，逼死商容，废祖宗之制；宠妲己，唯妇人之言是听；造炮烙，寒天下之人心；信奸佞，连恶来这类小人亦重用。如今的朝歌犹如沼泽之地，处处都暗藏着危险，况大公子又担监国之责，此去多有不妥。"

大将军南宫适道："周侯无辜被囚，与商君臣之义已绝。既如此，何不率西岐人马，先取了五关，再挺进朝歌，将那昏君诛杀，再立明主？"

神武将军太颠道："南宫适言之有理。自古有道伐无道，无德让有德，此为天下苍生计，不如反了大商，诛了昏君。"

散宜生急道："反不得，反不得。"

伯邑考问："为何反不得？"

散宜生道："如今刀把儿拿在人家的手上,不等我们取了五关,周侯之命危矣!此等鲁莽之举,既陷周侯于不忠,又陷公子于不孝,如何使得?"

伯邑考长叹一声,道："父侯有难,我等望东而心焦。又去不得,又反不得,如何是好?"

散宜生道："如公子放心不下,可差一人前去问安,亦不失为子之道。"

姬昌的次子姬发道："不如让我先到朝歌打探一番,摸清情况后再行定夺。"

大臣们商议后,都道此法比较妥当。

伯邑考便对姬发说："此去朝歌,路途艰险,凡事都要谨慎处之,能断则断,不能断亦不要强求,以免徒增祸端。"随后又转向太颠道："太颠,你就随公子发一同前往吧,一路上要保护好他的安全。"

太颠称"是"。

次日一早,姬发去母亲太姒处告别,太姒执姬发之手,泪流涟涟,道："我儿此去,要一路小心。到了朝歌可先寻你舅父比干,诸事多多请教,切勿贸然行事。如见到你父侯,要好生安慰,多言家中安好,勿让其挂念。"

姬发道："母亲放心,孩儿此行,多则俩月,少则月余,便会到达朝歌。一路上定谨慎行事,请母亲勿念。"

姬发起程,伯邑考等人将其送至城外。

姬发与太颠一路策马扬鞭,过五关,渡黄河,月余便到了朝歌。因天色已晚,他们就找了家馆驿住下。

次日,天蒙蒙亮,姬发便去问馆驿驿丞,道："请问老兄,少师府在哪条街上?"

驿丞答道："从这儿往南,左拐,在太平街路北。"

姬发二人便寻至太平街，找到少师府，与门人说明来意。

不一会儿，比干之女子娴便从院内飘然而出，温婉地说："二公子，快快有请。我父上朝去了，兄长子翼到封地去了，母亲请你们先到前厅用茶。"

姬发二人便随子娴去了前厅。

至前厅后，姬发先奉上礼物，拱手道："舅母在上，来时母亲再三嘱咐，一定要带些岐山特产给舅父、舅母。还请舅母笑纳。"

比干的夫人陈氏说："这么老远来，还带什么礼物。"遂请姬发、太颠入座，唤婢女上茶水。

陈氏对姬发说："你满月之时，我与你舅父曾去过西岐。那时的你又白又胖，人人皆道是个'喜子'，必有大用。时间过得真快，如今都这么高了。"

姬发笑道："姬发不才，多谢舅母夸赞。"

子娴见姬发举止大方，谈吐文雅，不禁暗生情愫。

过了一会儿，陈氏正欲去张罗饭菜，婢女来报比干散朝了。

姬发听闻舅父归来，急忙出门迎接。

一番寒暄后，比干问："姬发，为何事而来？"

姬发道："父侯酒后失言，得罪大王，蒙舅父援手，方保得性命。长兄特命我来拜谢。"

比干摆摆手道："我与你父侯，虽远隔千里，但乃是至交。兄侯有难，安有不救之理。"

姬发道："此恩比天高、比海深，我父子兄弟会永记在心！"

比干道："不必见外，你母亲可安好？"

姬发道："母亲原本康健，自父侯被拘羑里后，终日以泪洗面，身体越来越差。我等兄弟欲面君申辩，又怕不妥。特借此拜谢之机，寻救父之策。"

比干沉思了一会儿，道："你们的孝心，日月可鉴。只是大王这些日子心情不好，现在前去面君，不仅不会恩准，还可能会加罪于你。不如少等些时日，让我先从中周旋，待寻得时机，你再进宫不迟。"

姬发道："舅父仁义，还望今后多施援手，救父侯于牢狱。姬发代众兄弟先行谢过了。"说着再行拜谢。

比干将姬发扶起，道："二公子快快请起，舅甥之间，不必客气，我定当竭尽全力，助你父侯早日归乡。"

姬发道："姬发此来，还有一事欲劳舅父。"

比干道："讲。"

姬发道："我欲赴羑里探视父侯，以解思念之苦，舅父可否从中相助？"

比干道："大王为防西伯与外联系，在羑里驻有重兵，就连通往羑里的伏道都有士兵巡逻。没有金牌，只怕你们难以相见。"

姬发急切地问："那如何才能借得金牌？"

比干道："金牌，只有武将那里才有，武将中你可有知交？"

姬发道："我与大商少有往来，武将更是没有认识的，这可如何是好？"

比干想了想，道："三位王子手中也有金牌，只是殷郊、殷洪在外练兵，不在朝歌，你可找武庚一试，或许可行。"

姬发高兴地说："多谢舅父指点，多谢舅父指点！"

姬发二人在少师府用过小食后，方回馆驿。

姬发走后，陈氏对比干说："我看那姬发模样英俊，举止不俗，将娴儿许配与他，可否？"

比干道："论谈吐、模样儿，姬发确实不错。只是自古以来，子女成亲皆遵父母之命，如今姬昌被拘羑里，何时被放还未可知，如何许配？"

陈氏道："姬昌被拘羑里，但长姐仍在，可以跟她提啊！"

比干思量片刻,道:"姬昌如今乃戴罪之人,如与之交往过甚,恐于我家不利,不妥,不妥。"

姬发回去后便积极筹划见武庚借金牌之事,怎奈,武庚整日都在宫中,外出少之又少,而姬发又不能进宫求见,只能干着急。

转眼数日已过,姬发连武庚的影子也没见着,更别说借金牌了。

这日,姬发又早早来到宫门附近,盼望能遇到武庚出宫,但从清晨等到日中,也没有等到。想到被囚的父侯,想到自己至朝歌数日却没有任何作为,姬发愈发烦闷,于是循宫墙而行。走了一会儿,姬发见四下并无守卫,便爬树翻墙而入。

僻静的小院里,两个宫女并一个衣着华丽的少女正在玩跳绳,少女边跳边数:"五十六,五十七,五十八,五十九,六十……"

姬发隐于大树后,暗思:"王宫之中,这等年纪的女孩,莫非是帝辛之女?果真如此的话,必是天助我也。只是我们未曾见过,今日也是越墙而入,如何才能与她搭上话呢?"

淇妮连着跳了八十多下,有些累了,便停下来,让宫女阿黛去树下拿些水来。

见有宫女往树边行来,姬发忙上前,行礼问道:"敢问这里可是王子武庚的住处?"

突见一陌生男子闪出,阿黛吓了一跳,但见来人穿着华贵,又问及武庚,便以为是来找武庚的。阿黛躬身,道:"这里不是王子武庚所居之地,乃王女淇妮住处。"

姬发佯装失望,大声道:"那,我真是走错地方了,看来今日是无法与武庚同去游玩了。"说着,便要转身离去。

"你是谁?要与王兄去哪里玩?"淇妮循声而来,好奇地问道。

姬发转向淇妮,道:"姬发见过王女。"

淇妮看着姬发道:"我怎么没有见过你?"

姬发道："我乃西岐姬发,西伯的二子。"

淇妮皱了一下眉头道："西伯?是我父王的姑姑家吗?"

姬发点头道："正是,正是。"

淇妮道："哦,我以前似乎听杨娘娘说过,西伯是不是有一百个儿子?"

姬发道："其实我们亲弟兄只有十八个,其余都是父侯的义子。"

淇妮道："论辈分,我该称你为叔父吧?"

姬发道："我乃商臣,喊我名字即可。"

淇妮笑笑,又问姬发:"你今日进宫有事吗?"

姬发道："我本想找武庚,可谁知找了半天,却连个人影也没有找到。"

淇妮道："找我王兄?他不定又躲到哪儿寻乐子去了,你能找到才怪呢!"

姬发话锋一转,道："敢问王女可有金牌?"

淇妮脱口道："有啊!"

姬发心中暗喜,道："听闻武庚王子有一块大王亲赐的金牌,早想借来一观,只是几次寻他不遇。不承想王女也有金牌,不知王女能否让我等一睹?"

淇妮摇摇头道："不行,不行。"

姬发道："王女大可放心,我只是想看一看,并不拿去。"

淇妮想了想,道："想要看看也不是不能,只是……你今日打算与王兄去哪儿,明日带我去便是,本王女玩高兴了,金牌之事或可商议。"

两位宫女一听,皆摆手道："王女,不可,不可啊!"

淇妮佯怒道："你们是王女,还是我是王女?此事就这么定了,明日阿黛留在宫中,如有人来问便说本王女在屋歇息,湾湾同我一起出宫。"

姬发闻言大喜。

次日一早,姬发草草吃了些烤肉,便与太颠一起,赶到宫门外等候。过了不大会儿,就见淇妮与湾湾乔装而来。

湾湾出来后,便嚷嚷道:"姬公子真是抠门儿,连个马车都不准备。"

姬发赔笑道:"只想着到街上看看热闹,所以才没有备车,要不我让太颠去寻一辆来……"

淇妮道:"算了,算了,春暖花开,走走也挺好的。湾湾心直口快,你不要和她一般见识。"

湾湾努了努小嘴,向淇妮道:"我还不都是为了王女好,怕你被太阳晒着嘛。"

淇妮打趣道:"我已经这么黑了,就是再晒上一晒,又能怎样?"一句话把大家都说乐了。

四人顺鼓楼大街向南,一边走,一边看,一边说,一边笑,一路直走过去。大街上,阳光和煦,行人如织,推车子的、挎篮子的、扛袋子的、担挑子的,比肩接踵;贩鱼的、卖肉的、销盐的、售布的,叫卖声此起彼伏。路两侧,编篱的、掌罗的、补锅的、打麻的,熙熙攘攘;吆喝声、讨价声、吵闹声、嬉笑声,汇成一片。

正走着一阵风起,树上落下无数梧桐花来,其中一朵,不偏不倚落到姬发的头上。姬发用手取下,正欲扔掉,湾湾急忙拦住他道:"别丢,别丢。"

姬发捏着桐花,问道:"这东西还有用?"

湾湾从姬发手中接过桐花,道:"桐花是甜的呢。"说着,她把桐花的蒂拧下来,将桐花递与淇妮,说道:"不信你舔舔看。"

淇妮噙住桐花的嘴儿,用舌头轻轻舔了舔,道:"果真有些甜啊!"

说着走着,四人来到了中心阁下。

中心阁位于鼓楼大街与沫南路的交叉口,高七丈,宽五丈,分上中下三层。底层为方形高台,四面皆有拱门,可通车马。二、三层为重檐楼阁,雕梁画栋,飞檐翘角,乃朝歌一景。

中心阁的西边,是买卖奴隶的市场。

男奴们三五成群站于一处,每个人的脖子后面都插有一个竹片,竹片上写有价格,因年龄、体力不同,故竹片上的价格也不相同。

女奴们则被赶至一处高台,一个个衣不蔽体,两眼茫然,接受着台下奴隶主的挑选。

一个卷头发的奴隶主叫道:"看不清啊,把衣服都脱了吧,让我们看看肉皮儿嫩不嫩。"

女奴们闻言,皆两手抱胸,缩成一团,试图护住身体。这时,一个奴隶贩子走上台去,恶狠狠地吼道:"把手拿开!"女奴吓得哆哆嗦嗦,却没有人照办。奴隶贩子凶神恶煞一般,揪住一个女奴的衣服,用力一扯,整个衣服便剥落下来……台下顿时响起了一片口哨声、哄笑声。

淇妮脸一红,道:"快走,快走!"

太颠却有些不舍地说:"再看会儿呗。"

姬发走过去,拧着太颠的耳朵说:"看你那馋劲儿,快走吧。"

太颠挣开姬发的手,装出很痛的样子,"哎哟哎哟"叫着,向前跑去。

淇妮与湾湾见此,不禁开怀大笑。

走了没多远,一辆驴车从她们身旁驶过。车上的妇人突然向赶车的丈夫道:"停,停,快停停!"只听男子"吁"的一声,驴车停了下来。那妇人一边从驴车上跳下,一边大声喊着:"湾湾,湾湾!"

湾湾听见喊声,定睛一看,原来是自己的婶娘阿梅,忙跑过去,道:"婶娘,你来城里赶集了?"

湾湾的婶娘顾不上回答,反问道:"湾湾,你家陶器出窑时,你娘不小心被炭火烧到了脚,你可知道?"

湾湾闻言,不由倒吸了一口冷气,忙问:"烧得厉害吗?"

湾湾的婶娘道:"唉,这可不好说,不过都几天了,还不能下床。"

湾湾急声道:"真是的,也不小心些,这可如何是好?"

"要不,你坐驴车回去,看看你娘吧。"婶娘道。

湾湾摇摇头,道:"不行,我这里还要陪王女。"

太颠拍着胸脯道:"这里有我和二公子呢,你就放心去吧。"

湾湾连声道:"不行,不行。出来的时候,杨娘娘一再交代,要照顾好王女。"

姬发安慰湾湾说:"稍等等也行,我们回去先寻些治烧伤的药,你带回去,你娘肯定能好得快些。"

淇妮点头,道:"二公子言之有理,我们先回去准备些草药,你再回家不迟。"

湾湾闻言,对婶娘道:"你先回吧,我寻些药,明日再回。"

湾湾把婶娘送上车,又与叔父说了几句话,方道了别。

驴车走远后,姬发问湾湾:"湾湾,你家住在何处?"

湾湾道:"朝歌西南,卧羊湾。"

姬发笑道:"卧羊湾?是不是因为你家是卧羊湾的,所以你才取名为湾湾?"

淇妮抢着道:"是呢,是呢,那是个产美女的地方呢。朝歌有句谚语,叫'走上庄,过下庄,卧羊湾的好姑娘'。"

姬发打趣太颠道:"要不你别回去了,去卧羊湾找个好姑娘,把自己'嫁'了吧!"

淇妮乐道:"这倒不难,此处就有个现成的卧羊湾姑娘。"

太颠拱手道:"遵命!"

湾湾白了他一眼,举起粉拳,向太颠挥去……

向前又走不远,便是南门了。湾湾嘟着嘴道:"王女,要不我们回去吧,再往前走,就出城了。"

淇妮正欲道"好",忽见路边有一算卦的,于是冲湾湾道:"我去算上一卦再走不迟。"

四人走过去,便见一鹤发童颜的老翁双目微闭,坐于席上,旁边立一幡,幡上写有两行字:"只言玄妙一团理,不说寻常半句虚。"

太颠上前道:"哎,老头,醒醒,算个卦。"

姬发赶紧将太颠拉到一旁,道:"善占卜者,多为不凡之人,要恭敬些才是。"

淇妮也觉太颠的举动有些冒失,便解释道:"侍卫说话粗鲁,请不要和他一般见识。"

老翁平心静气地道:"无妨,无妨,是他与姜子牙无缘罢了。不知姑娘今日要占卜何事?"

淇妮道:"我也没想好,随便说说吧,准了自然不会亏待你。"

姜子牙道:"请姑娘报一下生辰八字。"

淇妮道:"我属猪,帝辛十一年五月十九日生。时辰嘛,应该是午时。"

姜子牙掰着手指,子丑寅卯念叨了一番,道:"依姑娘生辰八字看,五行火旺,当为火命。四象之数,待于生发,儿时遭难,当有失母之痛。少年时有长辈呵护,坐马车,衣锦裘,不虑金银之需,不念柴米之忧,人生得意,安享富贵。"

淇妮心想,神了!这老翁算得还真准,于是又问道:"那今后时运如何?"

姜子牙道:"人生如潮,有起有伏,有涨有落。姑娘十六岁、二十岁时,会有些灾气。如天眼洞开,或许能越过去。若为儿女私情所牵绊,便会有难越之槛。"

淇妮有些不安,追问道:"可有破解之法?"

姜子牙道:"万事沉稳、慎重,方能避开灾祸。如择婚姻,宜配属羊、属兔、属虎之人,子孙健壮,福禄皆享。有道是'猪配猴,不到头,日日泪交流',忌与属猴、属鼠之人成亲。"

淇妮小声道:"宜找羊、兔、虎,不找猴与鼠。好,小女记下了……"

这边淇妮正占卜前程,那边姬发却偶遇知音。

话说,姬发拉太颠避让一旁后,忽闻一阵悦耳的笙乐,循声而去,发现是从旁边的一处竹林中传出的。姬发立于竹林旁,凝神静气,笙乐一会儿像孔雀展翅,一会儿似百鸟朝凤,让人听得如痴如醉。

姬发听得入迷,忍不住向太颠道:"太妙了!取我埙来。"

埙来声起,与那笙乐相随相和,配合默契。一曲将尽,笙乐却突然止住了,再无声音。姬发不禁有些着急,于是自起一曲,将对那吹笙之人的倾慕之情尽付埙端,埙声幽深、旷远,情真义切。一曲吹完,见竹林中仍无动静,太颠不禁喊道:"敢问林中为哪家姑娘?我家二公子西岐姬发求见。"

姬发用埙敲了一下太颠的头,道:"别乱说,以免唐突了佳人。"

说话间,一位年轻貌美的女子从竹林中走出。姬发一见,心动不已,暗思道:"如此美艳绝伦的女子,我以前怎么都没遇到过啊!"女子见姬发愣愣地盯着自己,便有些羞涩。

姬发意识到失态,忙躬身道:"姬发不才,打扰了。"

女子怯怯地没有答话。

姬发又问:"敢问姑娘姓甚名谁?"

女子指了指算卦摊子,飞身而去。

太颠道:"莫非是那老儿的女儿,我还是去问一问吧。"还没来得及迈步,就听到湾湾的喊声:"二公子,你们在何处?回去了。"

姬发赶紧拉住太颠的胳膊,道:"别去了,正事要紧。"

第十二回　淇妮泛舟淇水上 天爵戏说姜子牙

过了几日,姬发和太颠又去接淇妮游玩,因湾湾回家去了,所以淇妮带了宫女阿黛来。这次姬发有所准备,早早就让太颠备好了马车,接上淇妮便出了城,向羑里方向驶去。

阳春的朝歌大地,堤拂杨柳,草长莺飞,路边的禾苗齐整如削,一眼望不到边。姬发心中暗叹:"都道中原乃国之粮仓,着实不假啊! 如我西岐有此肥沃之田,军粮就再也不用发愁了。"

淇妮见姬发呆呆地望着远方,拍拍他的胳膊道:"看什么呢? 丢了魂一样。"

姬发赶紧将思绪收回,掩饰道:"没看什么,没看什么。这朝歌着实是个好地方呀。"

淇妮调笑道:"我还以为你是看上车外哪个姑娘了呢!"

姬发笑道:"车上就有现成的美女,貌若嫦娥,何须再别处寻呢。"

淇妮捂嘴笑道:"若嫦娥姐姐长成我们这样儿,恐怕天上的神仙都要搬到人间来住了。"

姬发道:"我看二位长得都挺好的,王女端庄,阿黛娇小,若后羿早点遇到你们,只怕未必会娶嫦娥。"

淇妮收住笑,故作神秘地说:"你可知,众多宫女中,我为什么最喜欢和阿黛待在一块儿吗？"

"为何？"姬发不解地问。

淇妮笑道："因为与她在一块儿，能衬得我白一点儿啊！"

阿黛举起小拳头，却未敢落下，佯装生气道："我吧，生在乡间，晒太阳多，故而黑。王女住在宫里，风刮不着，日晒不着，怎么也长这么黑？"

淇妮打趣道："因为天天和个黑人住在一块儿呀……"

阿黛故作惊讶道："天啊！没听说过，难道这长得黑还传染不成？"

姬发道："黑点儿有什么不好？依我看，黑点儿反而看着更健康。"

说话间，淇水关便到了。淇水关建于淇水西侧高地，共有四道寨墙、四座寨门。寨墙为黏土夯筑，外侧为垛墙，上边留有垛口，可以射箭和瞭望；内侧的矮墙称为女墙，无垛口，是为防止士兵行走时不慎坠落而建。四门之上均建门楼，每楼三间，皆为重檐歇山式，飞檐翘角，庄严中透着秀逸。淇妮一行所至，乃是淇水关南门。

车至关前，被守关士兵拦下。一瘦脸的士兵上前盘问道："何方人士？要去何处？"

太颠道："西岐人，要到……到……到冀州去。"

旁边一胖脸的守关士兵见太颠神色慌张，上前道："去冀州干什么？"

姬发恐太颠这直肠子难以蒙混过关，于是对淇妮和阿黛道："你俩先在车里坐着，我下去看一下。"

淇妮将金牌取出，塞到姬发手中，道："给，拿着这个好办些。"

姬发接过金牌，下了车，走到守关士兵面前，亮出金牌道："公务在身，多行方便。"

瘦脸士兵道："我刚来不久，这金牌还是第一次见到，不知真假。"

胖脸士兵道："武成王之子这会儿正好在关内，你去叫来，让他一辨。"

不一会儿，黄飞虎的儿子黄天爵、黄天祥两兄弟跟着瘦脸士兵，向车子走来。姬发尚未开口，淇妮就先从车里探出了脑袋，冲他们叫道："天爵，天祥！"

黄天爵一见是淇妮，赶紧上前道："淇妮这是要去哪里？怎么也不多带几个侍卫？"

淇妮笑了笑，向黄天爵招手道："天爵，你近些。"然后附在黄天爵的耳边道："我是偷跑出来的，莫要声张……"

黄天爵皱了下眉头，道："淇妮，你的胆子是越来越大了，这样胡闹的事都做得出来，今日我父王不在，不然的话少不得要训斥你一番。"

淇妮笑道："我也是天天在宫里憋得慌，才想出来透透气，不过是沿途看看风景罢了，不必担忧。"

黄天爵道："如果想散心，一会儿我们两个陪你在淇水关转转吧，你轻易不出来一趟，今日也算是个机会。"

淇妮想了想，便同阿黛一起下了车，对姬发道："你们两个四处逛逛吧，我随他们去淇水关转转。"

姬发大喜，趁机把金牌揣到袖子里藏好。

淇妮与阿黛随天爵二人向行营走去，姬发的车驾也悄然驶离。

行营位于淇水关北侧。从南门向北，有一条青石板铺就的大路，大路既是大街，也是驿道，故而异常热闹。他们顺着大路走走停停，耽搁了半日，才到行营。

行营内，黄飞虎的夫人贾氏得到传报，正欲出门迎接，见四人进得门来，忙走上前去，拉住淇妮的手问个不停。

过了一会儿，黄天祥对淇妮道："淇妮，我们带你到淇水转转，如何？"

淇妮道："还是不去河边儿吧。前日我在南门算卦,那算卦的老头说我忌水,遇水多灾……"

黄天爵打断她道："朝歌南门? 是那个姜子牙吗?"

淇妮点头道："嗯,就是他。"

黄天爵一听乐了,道："那老头儿的话王女也信? 他原来只不过是个屠夫罢了。"说着话,不禁笑了起来,然后边笑边道："那老头儿可是有名儿的倒霉蛋儿。"

"什么倒霉蛋儿?"阿黛惊异地问。

黄天爵继续道："据说那老头儿早年甚是贫困,后在一亲友的资助下,学人经商。怎奈他不是那块料,卖肉无人买,卖饭无人吃。无奈之下就改行到朝歌大街卖面,可就连这卖面,也一天到晚无人光顾。一日,他等得实在无趣,准备收拾东西回家,还没等收好,盛面的簸箩就被过路的马儿给踢翻了。这还不是最惨的,最惨的是,他仰天长叹命运之不济,却被飞过的乌鸦拉了一嘴。他又气又急,弯下腰想从地上拾个石块掷乌鸦,不料石块底下又钻出只蝎子,狠狠地蜇了他一下……"

话没讲完,淇妮等人就笑得直不起腰来。淇妮抓起黄天祥的手,打趣道："来,我看看这小手蜇痛了没有。"

阿黛笑着说："本以为我就够倒霉的了,没承想这天下还有比我更倒霉的人。"

淇妮强忍着笑,道："罢了罢了,我还是跟你们去淇水吧,再听会儿这姜子牙的事,我的腰恐怕要直不起来了。"

黄天祥冲贾氏道："母亲,那我和三哥这就带淇妮去淇水玩儿了。"

贾氏忙道："吃点儿东西再去吧,你俩无所谓,可不能让淇妮挨饿啊。"

淇妮道："大食吃得晚,现在还不饿。我们先去跑一圈儿,回来再吃也不迟。"

贾氏道:"那行,你们去吧。给,天祥,把这些干果带上,路上吃。到了河边儿可别贪玩,早点儿回来。"又转身向黄天爵道:"天爵,你是哥哥,处处要小心淇妮的安全。"

黄天爵一边道"记住了",一边跟着淇妮等人跑了出去。

跑至营门口,淇妮差点儿被门槛绊倒,黄天爵赶紧扶住她,道:"慢点儿,慢点儿。"

阿黛见门口有一雄一雌两头狮子,很是稀奇,跑过去东摸摸、西拍拍。黄天爵道:"这对狮子可神奇了,左边这头雄狮,用石块敲击,声音浑厚凝重;右边这头雌狮,声音则脆如铜铃。到了晚上,这两头狮子还会下来行走,巡街守关,所以淇水关才得以年年无忧、岁岁平安。"

"还会下来行走?"淇妮惊奇地张大了嘴巴。

说到狮子,黄天祥似乎突然想到什么,转向淇妮道:"淇妮,听我父王说,大王是南天门上的石狮子下凡,到人间掌管苍生,是真的吗?"

淇妮道:"小时候我也听父王讲过一个石狮子的故事。说天宫有头大狮子,撞落了天树的叶子,才有了天上的星星,别的倒没听说过什么。"接着,淇妮又说:"不过话又说回来,看父王那头、那面目,还真像头大狮子呢!"说完,与众人一起大笑起来。

又走了一会儿,淇妮问道:"听说淇水关有一奇景叫'走桥不见桥',真有其事吗?"

黄天爵指着脚下道:"我们现在就在桥上啊!"

淇妮更惊奇了,忙四下张望。

黄天祥解释道:"因桥面与大街高低一致,行走时根本感觉不到桥的存在,故而被称为'走桥不见桥'。"

淇妮道:"哦,原来是这样啊。"

出了东门,便是淇水。

淇水是一条诗河。生活在淇水两岸的人们,朝朝穿行于青青秀竹中,暮暮聆听着潺潺流水,春耕、夏耘、秋收、冬狩,坎坎伐檀,采采芣苢,留下了"淇水汤汤,渐车帷裳""淇水悠悠,桧楫松舟"等优美诗句。

黄天爵寻了条舟,四人跳上去,朝河中央划去。

春日的淇水,鸭浮水面,碧波荡漾,舟筏悠悠。举目望去,无边无际的竹林随风而起,又随风而落,仿佛墨绿色的波涛涌动起伏。飞檐翘角的石屋和茅草为顶的竹楼,或依岸,隐现于古树青林间;或傍水,倒映于绿波之中,与坡上的果树、缭绕的烟雾相映成趣,美若舒展的山水画卷。

舟至河中央时,黄天祥提议道:"如此美景,咱们每人赋诗一首,如何?"

淇妮道:"好呀,好呀。"

黄天爵略一思索,道:"轻舟挺立娇娥,青丝粉黛楚楚。空中雁儿回头,水中鱼儿仰目。"其余三人连声赞"好"。

淇妮见岸上松竹相映,桃花偶现,吟道:"淇上春风阵阵,催绽桃花朵朵。蜂飞蝶舞相戏,冷了竹影明波。"

黄天爵道:"还是淇妮作得好,诗情画意皆有。"

黄天祥接着吟道:"朝阳初照人醉,渔舟晚春不停。水天一色相连,心怀云岫空青。"

淇妮夸赞道:"看来天祥人小志大啊!"

黄天爵道:"阿黛,该你了。"

阿黛道:"我?我也要作啊?打死我也作不出来。"

黄天祥道:"随便说几句,只要字数相同就行,不押韵也没有关系。"

阿黛为难地说:"不行不行,真的不行。脑袋里没有这棵草,怎能结出这般籽来?要是端茶倒水、洗衣做饭,我还在行些。"

淇公主泛舟淇水

淇妮摆摆手,道:"算了算了,别难为她了。"

一阵风儿过,淇妮见黄天爵身着长衣,腰束宽带,傲立于舟头,心有所感,随口冒出一句:"敢问,'瞻彼淇奥,绿竹猗猗。有匪君子,如切如磋'说的可是你吗?"说完,咻咻地笑了。

黄天爵一怔,竟不知该如何作答。

不料一旁的黄天祥边划楫边反问淇妮道:"'蒹葭苍苍,白露为霜。所谓伊人,在水一方'说的可是你吗?"

淇妮得意地转过头,向着远处喊道:"就是我啊!"

黄天祥心起蜜意,嘴角不由得翘了起来。

又向上游划了一会儿,黄天爵道:"前面就是'花窝'了,父王将东夷奴隶中的花匠聚集到那儿,种植了大片的花草,算是淇水关的后花园了。现在正值百花盛开,要不要去看看?"

淇妮道:"好啊!"又扭头向阿黛道:"阿黛,你娘不是在那儿种花吗? 正好可以去看看她。"

阿黛悻悻地说:"不去也罢,她是我后娘,小时候对我非打即骂。"

淇妮闻言道:"哦,原来是这样。本想着就到跟前了……要不,咱们就不去了,回去吧。"

黄天爵掉转舟头,顺流而下,不到半个时辰,便到了岸边。回到营中,吃过小食,正好姬发从羑里赶回,淇妮和阿黛便登上马车,大家一起返回朝歌。

悠悠淇水,渐行渐远,不知怎的,淇妮竟有些不舍。

第十三回　　步兵峪帝辛避暑
　　　　　　仙人洞淇妮被困

淇妮回到王宫,正碰上帝辛从灵山降香归来。

淇妮问:"父王,灵山景色如何?"

帝辛道:"灵山山清水秀,父王走过多少地方,唯觉此处最为玲珑别致。"

淇妮问:"灵山有什么特别的吗?"

帝辛道:"最特别的地方要数女娲峰了。虎山之侧有一山峰,从侧面看犹如一位女子:发髻高绾,鼻子突兀,下巴微翘,两袖拂于胸前。女子的背部,似乎还背着一个小背篓,就像背着自己的孩子一样。"

淇妮嗔怪道:"这么好玩儿的地方,也不带上我……"

帝辛道:"怎么不带你了? 不是你让宫女说你想歇息几日的吗? 这样吧,过些时日,孤要到步兵峪避暑,你一同前往吧。"

淇妮连声说"好"。

进入暑期后,朝歌大地酷热如烤。在闻太师的再三邀请下,帝辛携妲己、淇妮等人前往步兵峪避暑。

帝辛一行出了朝歌城,朝西北方向走了一个多时辰,方到达太行山山口。闻仲早已在此等候,见过帝辛后,便先行带路。

妲己与帝辛同坐于车驾内,妲己倚着帝辛,娇声道:"进了这山谷,好像比外面凉爽了很多。"

帝辛抚着妲己的手道："这里山高林密,加上水比较多,自然比山外要荫凉一些。"

马车又前行了一阵后,路旁有一处高台,上边绑着个无头尸体。妲己吓了一跳,忙问："大王,那高台是做什么用的? 怎么绑着个无头尸体?"

帝辛道："听闻仲讲,这个地方叫'杀人台'。"

"杀人台?"妲己惊奇地问,"这里经常杀人吗?"

帝辛道："自在此处练兵以来,尽管一直对外保密,但随着时间的推移,一些方夷还是得到了消息,因此不时会有一些细作假扮山民,妄图刺探军情。为此,闻太师特下令,一旦发现细作,便抓到这里砍头。"

妲己道："哦,妾明白了,这是在杀鸡给猴看呢。"

帝辛笑道："还是爱妃聪明啊!"

过了杀人台,便是步兵峪了,远远就听见震天的操练声。

帝辛避暑的行宫位于步兵峪左侧的步寨岭上。帝辛一边看山谷里士兵杀气腾腾的操练,一边向闻太师道："如此甚好。俗话说只有做到练兵千日,才能胜在用兵一时。孤心甚安!"

淇妮也被山谷里的喊杀声所感染,大呼："父王,我也要去操练杀敌。"吓得妲己赶紧拉住她的胳膊,劝阻道："淇妮,刀枪无眼,可不是闹着玩的,再说这打仗都是男人们的事,你贵为王女,怎可与那些莽汉共处一处?"

淇妮说："母辛妇好也是女子,却能领兵打仗,我为何不能?"

妲己死死攥住淇妮的手臂道："从汤祖至大王,能数得出的文臣武将有上千名,可女中豪杰才出了几个啊?"

帝辛见二人争论不休,忙打圆场道："姑娘家学些刀枪剑法,还是不错的,虽不见得上战场,但可以强身健体。哪天父王去打猎,带上你便是,就不要在这儿与'土驴们'摸爬滚打了。"

淇妮听后乐道:"父王说话可要算数哦。"

帝辛道:"父王何时食言过?"

路随山转,顺着山坡行了一个时辰,方到行宫。

行宫临崖而建,凉风习习。

山里的夜要比山外来得早,明明太阳还老高,转眼被大山遮住,不一会儿,夜幕便降临了。

小食后,帝辛拥着妲己立于窗前赏月。

过了一会儿,宫女海棠和喜媚各提了一桶热水进来,侍候二主洗脚。

妲己问:"今日的洗脚水,颜色怎么不同往日?"

喜媚答道:"今日之水是用这山里的花椒熬制而成的,据说这花椒水可以解乏,还可以防脚臭。"

帝辛玩笑道:"既如此,那爱妃就不用洗了吧?"

妲己疑惑道:"为何?"

帝辛笑道:"这水是治脚臭的,而爱妃的脚是香的。浪费了这水,岂不是太可惜了?"妲己闻言,一阵香拳,直打得帝辛连连求饶。

帝辛和妲己先将双脚放于木桶的箅子上,熏了一会儿,待水不那么烫了,便将箅子撤去,将脚伸入桶内。泡好后,喜媚二人上前,先给帝辛和妲己按了会儿脚,将脚洗净晾干后,又伺候二主躺下,方退出门去。

妲己依偎在帝辛的怀里道:"这山里的夜真静啊!恐怕掉根针都能听得见。"

帝辛抚了抚妲己的秀发,道:"这叫……山高月明夜静,妻娇人美君醉。"说着就将妲己压于身下。

次日,帝辛与妲己用过大食,便在闻仲等人的陪同下,前去察看铜炉沟。

越过一座竹桥，再沿山坡迂回盘旋，便进了铜炉沟。

路上，帝辛指着一棵花椒树，对妲己道："爱妃昨夜泡脚所用花椒，乃此树所结。"

妲己道："没想到花椒水泡脚真能解乏，妾昨夜睡得好香。"

闻仲道："此处的花椒名曰'大红袍'，是花椒中的名贵品种。等秋后熟了，我让人多摘些，给贵妃送进宫去。"

正说着，一只野兔突然从草丛中蹿出，妲己没有防备，吓了一大跳，帝辛伸手揽她入怀，笑道："爱妃真是胆小，一只野兔都吓成这样。"

淇妮则在后面兴奋地大喊："抓住它，抓住它。"

殷郊放狗过去，只见兔跑狗追，不一会儿，便将那兔子叼了回来。淇妮乐得大叫："太好了，太好了！"

殷郊把兔子从狗嘴里取下，递给淇妮道："看把你乐的，快拿着吧。"

淇妮提着野兔的耳朵，左看看，右看看，心里乐开了花。

妲己道："这淇妮，十好几了，天天还跟个小孩儿似的。"

帝辛道："什么叫长不大的孩子？说的就是她了。"

又向前走，众人便听到"叮叮当当"的声音。闻仲停下来，指着前方道："此处便是铜炉沟了，铸兵坊共分两处：下边这处叫下炉台，是熔化铜水、锻造兵器之地；上边那处叫上炉台，是打制、磨制兵器之地。"

帝辛一行先去了下炉台。下炉台四处布满了火炉，风箱呼呼，火光熊熊，一派繁忙景象。这边的匠人正将铜锭放入熔炉进行熔化；那边的匠人正将熔好的铜水倒入模具；等兵器成型后，又有专门的匠人对兵器进行淬火……

下炉台锻造的兵器尚属粗制，完成后还要搬到上炉台进行加工。

上炉台锤声起伏，声音大得几乎听不清说话声。匠人们两人一组,一人弓着身子手扶兵器,一人光着膀子手抡大锤,"乒乒乓乓"对着兵器进行捶打……无数次手起锤落,兵器才开出明晃晃的刃来。开过刃的兵器还要经过另一组匠人的研磨,检验合格后方能入库。

帝辛看着一件件兵器被打制出来,满心欢喜,走到兵器架前,拿起一件磨好的铜剑,随手舞了舞,只听"嚓、嚓、嚓",所到之处,荆棘俱被斩断。

淇妮也想如帝辛那般洒脱,跑上前选了一把大刀,不承想这刀实在是太重了,莫说舞上一回,单是拿起来就已让她满脸通红……

众人见状,皆哈哈大笑。

妲己赶紧冲淇妮喊道:"淇妮,快,快放下,小心砸住脚。"

站在上炉台向西望,不远处有座山峰犹如顶天立地的石人,默默注视着这里。闻仲指着石人道:"将士们都说,这石人是上天派来帮我们看护炉台的。"帝辛喜道:"甚好甚好,真乃天助我大商也!"

下山比上山省力,众人的脚步明显轻快许多,不过有道是"上山容易下山难",由于下山是下坡路,脚下极易打滑。殷郊因怕帝辛等人滑倒,便走到前面招呼着。恶来不知从哪儿找来两根木棍,让帝辛和妲己拄着。帝辛走走停停,仍满身是汗,看着路旁的溪水道:"若不是这些女眷跟着,真想跳下去洗个痛快。"

又过了几日,这天帝辛正在马兵峪看士兵们操练,忽恶来来报:"武成王、九侯、鄂侯、崇侯、攸侯等人上山朝见。"

帝辛回头望去,见几位诸侯正沿山坡说笑着走来。老远,武成王黄飞虎就冲帝辛喊:"大王,臣特意从鹿场选了些鹿茸、鹿鞭来,让您尝尝鲜。"

崇侯虎笑着道:"臣孝敬大王的是上好的裘衣,虽然现在用不着,但到了冬日,大王就会想着臣的好儿了!"

九侯也不甘落后,道:"臣知大王喜音律,故带来了峄山桐木做的琴,泗水石头做的磬,还有一些蚌珠和鱼。"

帝辛大悦,道:"难为尔等一片忠心。你们长途跋涉,还带那么多礼物,辛苦了!"

诸侯们忙道:"应该的,应该的。"

崇侯虎取出皮囊,喝了口水,然后指着身旁穿行的兵马,向帝辛道:"没想到大王如此有远见,竟在深山之中藏有精锐之师。"

攸侯喜也啧啧赞道:"大王有此精兵,以后再征战四方,必胜无疑。"

帝辛闻之大喜,设宴款待大家,并许诺次日带他们去参观铁炉沟。

翌日,帝辛带大家前往铁炉沟。过了酒泉湖,一挂瀑布从崖顶飞流而下,在阳光的照射下熠熠生辉。九侯感慨道:"此种美景只应天上有啊!"鄂侯则望着高山道:"这北方的山就是雄伟、挺拔、险峻,有王者气势,与之相比,南方的山着实有些小家子气。"

闻仲边走边给大家讲解道:"铁炉沟是冶铁和铸造铁制武器的地方,分南炉台和北炉台,我们现在所去的乃是北炉台。"

众人顺闻仲的手指望去,山峦间,士兵们三五成群,运料的运料,砍柴的砍柴;山谷中,工匠们烧火的烧火,打制兵器的打制兵器,个个忙得不亦乐乎。

到了北炉台,诸侯们更深切地感受到了这里的繁忙:烧火的小伙儿把木炭续入炉膛,拉动风箱,顿时火光盈面,他伸手去擦脸上的汗,一把下去成了大花脸;炼铁的工匠手持长钎,不时在熔炉内搅动,望着红通通的铁水溢到炉外,脸上绽放出憨厚的笑容;打制兵器的匠人,个个袒胸露乳,手持大锤,次第抡开……

下了北炉台,继续前行,山路越来越窄,最后竟要从两块对峙的巨石间侧身穿过。穿过巨石后却又豁然开朗,一个巨大的山洞出现在众人面前,这里便是专门存放兵器的南阴司了。

南阴司内,各式兵器一摞摞、一排排,琳琅满目。

帝辛炫耀道:"孤这些兵器如何?"

诸侯们赞不绝口,纷纷拥上前去,试刃的试刃,挥舞的挥舞,喜爱之情溢于言表。

帝辛见之,问道:"诸位想不想要?"

诸侯们怔了一下,随即会意,赶紧跪地叩拜:"多谢大王恩赐!"

帝辛得意地说:"诸位乃我大商之忠臣,今日孤就送你们一份厚礼,兵器的种类,由你们选,数量嘛……由闻太师定夺,如何?"

诸侯们连呼"万岁"。

帝辛陪诸侯们去参观铁炉沟了,妲己困顿,淇妮甚是无趣。这时,宫女海棠来报,黄天祥来了。淇妮急忙跑出,见黄天祥独自立于行宫外的大树下。

淇妮上前道:"你怎么来了?"

黄天祥道:"父王来行宫朝拜,我也借机来看看你。"

淇妮问:"天爵没来吗?"

黄天祥道:"三哥去鹰犬城了。"

淇妮有些淡淡的失望,问道:"去鹰犬城做什么?"

黄天祥道:"父侯想去共山打猎,便让三哥先去挑些上好的鹰和犬来。"

淇妮问:"听说那里的鹰和犬都是用死囚喂养的,果真如此吗?"

黄天祥眉飞色舞地说:"死囚算什么? 我还见过他们把判了死刑的活人投入圈内,让鹰和犬去搏噬呢!"

淇妮凝色道:"天啊,这也太残忍了吧!"

黄天祥道:"是啊,那些犯人跑不了几步,就会被鹰犬追上,撕得皮开肉绽、血肉模糊。"

淇妮忙道:"别说了,别说了,怪瘆人的,咱们还是想想去哪儿玩吧。"

两人商议后，决定去马兵峪找殷郊，看马兵操练。

殷郊事务繁忙，将二人带进营地后，便离去了。

夏日的太行，烈日当空，蝉声此起彼伏。

两人看了一会儿操练，甚觉无趣。

淇妮道："咱们去骑马如何？"

黄天祥道："好。"

于是二人找了两匹马，策鞭向前跑去。黄天祥手握缰绳，在后边追着喊道："淇泥，你慢点儿，注意安全。"

淇妮微微回转身道："没事，你快点儿，来追我啊！"

两人疯了一会儿，来到一条小溪旁。淇妮止住马，道："天祥，你热不热？来洗把脸吧。"

天祥道："热倒不是很热，只是有些渴了。你洗吧，我来这边喝几口水。"说着走到上游，用手掬着喝了几口溪水。嘴里直道："这水真甜啊！"

淇妮道："那当然了，这个地方就叫'甘泉'。"

黄天祥问："这上边你去过没有？我看还有路呢。"

淇妮道："没去过，以往都是走到这儿，便回去了。"

黄天祥道："要不，我们去上游看看？"

淇妮道："听王兄说，上边好像有个'仙人洞'，他几次说带我去，都因为军务在身，未能成行。"

黄天祥道："那今日就让我带你去那'仙人洞'一游吧！"

淇妮笑道："你带我去？得了吧你，我比你还大几个月呢，应该是我带你去还差不多。"

黄天祥嘿嘿笑着，道："不管谁带谁吧，有个伴儿，总比一个人方便。"

稍后,两人沿溪边乱石而上,溪流随山势而现,遇到挡道的大石,激起无数的水花,如吐玉飞雪。两人听着潺潺流水声,穿行于绿树掩映的峡谷中,甚是惬意。然而越往上走,路越难行,到处都是野生的灌木,相互交织着密不透风。正走着,忽听"刺啦"一声,淇妮的裙子被酸枣树的倒钩给挂破了。淇妮圆目一瞪,生气道:"这些小酸枣树,长刺都不能不带倒钩吗?"

黄天祥上前,赶紧安慰道:"不碍事,不碍事。淇妮你看,这些酸枣树的倒钩都被你吓得缩回去了不是?"淇妮"扑哧"一声笑了,道:"我有这么厉害吗? 不管它了,走!"

接下来,黄天祥走在前头,不时为淇妮扒开挡道的荆棘和灌木。

淇妮见之,心里暗道:"天祥虽幼,却已有男儿气概了。"

又走了一会儿,淇妮累得满头大汗,娇声道:"不行,不行,我走不动了,得歇会儿。"

黄天祥鼓励她:"再走会儿吧! 你看,前面有块大石头,去那歇息多好。"

淇妮抬头一看,欢喜道:"行,那快走吧!"

走了几步,淇妮坐在大石头上,四处望了望,忽见不远处的树上,两只松鼠正蹦来跳去,追逐玩耍。一只叫不出名字的鸟儿,落在溪边喝水,喝完后也不飞走,啾啾唧唧唱起歌来。淇妮听了一会儿,不由也唱了起来:"天命燕子生我祖,我祖耿耿守殷土……"

黄天祥伸手从旁边的酸枣树上摘下一些酸枣,递给淇妮,道:"来,你尝尝这个。"

淇妮挑了一颗泛红的,放进嘴里,嚼了嚼道:"这酸枣还没熟,还不太甜。"

黄天祥拿起一颗丢进嘴里,嚼了几下,果真不甜。突然,他指着南边的一座山峰道:"淇妮,你看,那座山峰像不像一个妙龄少女? 丰胸翘臀,长发齐肩。"

淇妮顺着黄天祥所指的方向望过去,惊奇道:"还真是。上次听父王说,灵山有一座峰,很像女娲娘娘,我没去过,还一直想是什么样儿。没想到这里也有奇山峻峰。"

黄天祥玩笑道:"淇妮,我怎么越看越觉得那山像你啊?不如,给它起个名,就叫'王女峰'得了。"

淇妮挥出一拳,道:"胡说什么,我才没那么丑呢!再说,我也不愿当那石头人,还想多食几天人间烟火呢。"

黄天祥躲闪不及,一把山枣全撒在了地上。

淇妮起身道:"走,咱们接着往上走吧。"

峰回路转,步移景迁,两人斩荆棘、穿草丛,终于来到了仙人洞。

仙人洞的洞口足有两丈多高,洞内湿润清凉,到处都是钟乳石。由于自然原因,这些钟乳石多为黄色,有的似飘飘欲飞的云朵,有的似晶莹剔透的冰柱,有的如神鳄攀壁,千姿百态,令人叫绝。

入洞后,二人一路摸索着前行,不时有水滴从洞顶落下。

淇妮喜道:"这里边真凉快啊!"

黄天祥担忧地说:"咱们莫再往里走了,就在洞口看看吧,里面太黑了。"

淇妮有些意犹未尽,说:"这才叫步入仙境呢!唉……要是有火把就好了。"

回到洞口,极目远眺,两人顿觉心旷神怡。

淇妮感慨道:"不回去了,就在这里做神仙吧。"

黄天祥笑道:"刚才还说要食人间烟火,怎么一会儿工夫就变了?"

淇妮狡辩道:"那会儿跟这会儿能一样吗?如此仙境,岂有不动心之理?"

黄天祥附和道:"那好啊,你若果真在这里修炼成仙,那我就在这儿陪着你。"

淇妮单手竖掌,道:"那'本仙'就收你为徒了。"

二人正说着,忽觉起了风。

黄天祥看看天,道:"这天上的云,好像是积云。听我父王说,天上如果起这种云,很快就会下雨的。"

淇妮看天上的云向上凸起,渐渐遮住了太阳,并且在越积越厚,越压越低,急道:"可能真的要下雨了,咱们快走吧。"

黄天祥摇了摇头,道:"不行,山雨欲来,这时出去,只能挨淋。不如在山洞里躲一会儿,等雨停了再走。"

淇妮急切地问:"那要是雨一直不停,怎么办?"

黄天祥答道:"不会的,这种积云雨一般来得快,去得也快。"

说话间,云山骤然崩塌,乌云翻滚,电闪雷鸣,噼里啪啦下起雨来。

仙人洞洞口,淇妮坐立不安,一会儿起来望望天,看雨什么时候能停;一会儿无奈坐下,蜷成一团,自我暖下单薄的小身板。

黄天祥轻轻叹了口气,心里道:"要是有把火该有多好。"

好在这雨如黄天祥所说,来得快,去得也快,说停就停了。

淇妮长出了一口气,道:"雨终于停了!咱们快走吧,一会儿天黑了,恐怕连个道儿也寻不着。"说着拍拍裙上的尘土,站了起来。

雨后的大山,空气格外清新。溪水上,枝叶间,笼罩着一层薄薄的水雾。这雾缥缈着,涌动着,让人整个心肺都灵动起来。

淇妮与黄天祥艰难地穿行于湿气很重的草丛,一会儿的工夫,衣服便被浸湿。一阵风过,淇妮不由得抱紧双臂,不料脚下一滑,仰面摔倒于地。

黄天祥忙扶起她,道:"要不,我背你吧?"

淇妮摇摇头,道:"不行,不行,一人且走不稳,两人的话,岂不是更容易滑倒?"黄天祥不便再坚持,只好更加小心地为淇妮开道。

又走了一会儿,忽闻对面传来喊声。

淇妮一下来了精神,凝神听了下,向黄天祥道:"好像是在喊我啊!肯定是王兄派人来寻咱们啦!"说完,她将两手拢在嘴边,用力喊道:"我在这儿,我在这儿!"

这时,对面传来殷郊的声音:"淇妮,在那儿别动,我这就带人过去!"

淇妮大喜,回道:"好的。知道了!"

淇妮回过话,索性找了块石头坐下,对黄天祥道:"不走了,不走了,等他们来了再走。"

黄天祥道:"山里的回声真大。让我也喊几声,他们就好找我们了。"

殷郊一见二人,便道:"我见你们的马拴在溪边,想着你们就往这儿来了。"

与殷郊同来的有两个侍卫,其中一个手里拿着件蓑衣,见淇妮冷得发抖,便将蓑衣递给淇妮。

淇妮见那蓑衣脏兮兮的,摆手道:"别了,别了,不用披了,反正也没多远了。"

殷郊蹲到淇妮跟前,道:"来,我背你回去吧。"说着,不容分说,就将淇妮背了起来。

黄天祥见殷郊背起淇妮,心中泛起阵阵酸意。

淇妮着了凉,回到行宫便发起烧来。

帝辛闻之,便将淇妮交由妲己照顾。

妲己得了吩咐,便让宫女去熬些姜汤,喂淇妮喝下。稍后,宫女喜媚回禀妲己道:"娘娘让熬的姜汤,奴婢们喂了好几次,却一口都没喝进去。"

妲己叹道:"这可如何是好?幸亏杨姐姐没有同来,要不非急死不

119

可。罢了,我还是亲自去看看吧!"

姐己起身,在喜媚的陪伴下去了淇妮的寝宫,进门便见淇妮满脸通红地躺在床上。姐己伸出手,摸了摸淇妮的额头,道:"好烫啊。"接着哄淇妮道:"乖妮儿,快起来喝些姜汤,明日便好了。"

淇妮有气无力地摇摇头,眼睛也没有睁一下。

姐己唤湾湾道:"快,来把淇妮扶起来,多少喂她喝上几口。"

湾湾脱去鞋,进到床的内侧,阿黛居外侧,两人一左一右,慢慢将淇妮扶了起来。

喜媚将热好的姜汤端过来,递给姐己。姐己用勺子舀了一勺,放到淇妮的嘴边,说:"来,乖,喝一口。"淇妮勉强喝了几口,"哇"一声,又全吐了出来,溅得到处都是汤水。

姐己叹道:"看来真是滴水不进啊!实在不行,就还将她放平,让她歇息吧。"

刚把淇妮安顿好,帝辛就来了。一进门,便问道:"淇妮好些了吗?"

姐己道:"没有,头烫得厉害。这不,刚灌了几口姜汤,又全吐出来了。"

帝辛伸手摸了摸淇妮的额头,道:"也不算很烫。要不,就让她先睡一会儿吧。小孩子发发烧也未必都是坏事,有时反倒烧一次长一次本事。"

姐己道:"要不要让巫为她招招魂?别是在外冲撞了什么吧?"

帝辛摆摆手道:"明日看看情况再说吧。"

姐己将淇妮的被子盖好,与帝辛一同走了出来。帝辛拉着姐己的手道:"爱妃如此贤德,孤之幸也!"

姐己道:"贤德倒称不上,只是比闻太师的夫人强些罢了。对了,大王,你可知闻太师的夫人是只'母老虎'?"

帝辛诧异道："不会吧？闻太师可是能让敌人吓破胆的人物啊！"

妲己掩嘴而笑道："听恶来说,闻太师言语上若有差池,他夫人还要罚他下跪哩。"

帝辛怒道："此话当真?"

妲己道："大王如不信,哪天有空了,咱们可去暗访一番。"

帝辛是个急脾气,一听此言,道："走,现在就去。孤倒要看看,这妇人有何德何能,竟让一国太师惧内到如此程度。"

随后,帝辛与妲己趁着月色,前往闻仲位于行宫附近的住所。及至门口,值守的士兵正要前去通报,被帝辛抬手止住。

二人悄悄走到闻仲房门口,妲己透过门缝,往里看。帝辛拉了拉她的衣袖,轻声道："看到什么没有?"

妲己点点头,指了指门缝。

帝辛凑上前去,不看则已,一看便愣住了。天啊！一人之下、万人之上的大商太师,竟单膝跪地,服侍夫人洗脚。

帝辛抬手就要捶门,被妲己拦下。

妲己将帝辛拉至一旁,劝道："大王冷静,此处并非解决问题的地方。"

帝辛强压怒火,转身回了行宫。

第十四回　帝辛怒斩闻妻
邑考替父赎罪

月余后,帝辛带妲己等人返回朝歌城。

上朝的第一日,帝辛便让文武大臣于次日携夫人同聚九间殿。

翌日,文武大臣携夫人参拜完帝辛,正欲分列两旁,忽见帝辛挥臂指向闻夫人,命令道:"给孤将那恶妇押上来!"

闻夫人还没弄清是怎么回事,就被几个侍卫扭着胳膊,押到了金殿中央。

帝辛指着她,呵斥道:"闻太师为我大商立下过赫赫战功,群臣皆对他敬重有加,就连孤对他也是厚爱三分。你一介妇人,何德何能,竟对他恣意羞辱?堂堂大商太师,竟要跪在你的面前为你洗脚,成何体统?"

闻太师闻言,顿知不妙,赶紧上前解释道:"大王息怒,这都是一些传言罢了。"

帝辛道:"闻太师,你就不要再替这恶妇辩解了。在行宫时,孤与苏贵妃曾亲眼所见。"

闻夫人颤抖着说:"这……实乃闺房之乐,绝无轻视之意。"

帝辛怒道:"恶妇竟还敢狡辩!闻太师他驰骋疆场,军功无数,即便是闺房之中,又岂能这般无礼?"遂下令:"来人,给孤砍了这恶妇的头!"

众人闻之,无不惊骇,纷纷跪下替其求情:"大王,就饶了她这次吧。"

帝辛道:"不行,如此失德恶妇,其行有失我大商颜面,绝对不能存有此风! 侍卫,还愣着干什么,速速行刑!"

闻仲起身,想护住夫人,但为时已晚,只见卫兵手起刀落,闻夫人的头即刻滚落于地。

闻仲抱着夫人的尸体,痛哭不止。群臣赶紧过来相劝:"闻太师节哀。这种女人,不留也罢,不留也罢。"闻太师喃喃道:"她跟了我三十多年,最后竟落了个不全之尸,是我害了她啊!"朱升见闻夫人的脖颈处血流不止,忙找来二尺白绫裹于其上,转眼间白绫就被染成红色。

帝辛当即宣布:"应借此红绸,警示天下所有出嫁的女子,要以夫为天。自今日起,但凡姑娘出嫁,头上都要顶着红绸,以此来牢记闻夫人的教训。"自此以后,女儿上轿,娘家人都会备块红绸为新娘盖上,千叮咛万嘱咐,到婆家后要相夫教子、孝敬公婆,做个贤惠媳妇。那红绸,即是后来的"红盖头"。

这边帝辛杀闻妻,那边姬发归故里。

姬发从朝歌回到西岐后,将姬昌在羑里的情况告知伯邑考及群臣,众人便遵从姬昌的嘱咐,全力发展生产,招揽贤士,蓄积力量。

转眼过了两年,眼看寒冬又至,伯邑考再次担心起姬昌的身体来。

这日,伯邑与群臣议完政事后,道:"父侯被拘羑里,已有三年。思及父侯年逾七十,还要手握长钎,挖土筑墙,我的心就像针刺火燎一般。如今寒冬将至,北方天寒地冻,父侯身单衣薄,我更心忧。思量再三,欲亲赴朝歌,替父赎罪,所有事宜众卿商议定夺即可。"

姬发道:"我去羑里时,父侯再三交代,他有三年牢狱之灾,灾满自归,万万不可妄动,以免遭来祸端。如放心不下,我可再赴朝歌,给父

123

侯送些衣物。"

伯邑考暗思，上次便是姬发前往，如这次再让姬发前去，那自己在臣子们的心中，岂不成了不孝之人？如果那样的话，会对自己以后继位非常不利。这次不管如何，一定要彰显孝心，故而道："不必了，我此次前去，欲以身换父，解父侯牢狱之灾。"

南宫适道："公子这样做太危险了，帝辛之所以拘周侯于羑里，就是因为忌惮我周族的兴盛。如若公子去了再被扣下，那我周族危矣。"

伯邑考坚决地说："我意已决，就不要再劝了。我走之后，家中诸事托于二弟姬发，众卿务必鼎力相助。"

辛免上前道："如公子决意前往，臣愿同往。"

伯邑考道："可。"

姬发想，不如派个自己的亲信一路跟随，如有事自己也能及时知晓，便道："太颠去过一次，诸事都比较熟悉，可让其也一同前往。"

伯邑考道："可。"

散宜生道："公子既去，应多带些礼物。到朝歌后，先打探虚实，摸清情况，贿赂帝辛宠臣。打通关节后，再上朝堂，这样才会有人帮公子说话。"

伯邑考道："卿所言甚是，只是不知备些什么礼物合适？"

散宜生道："送礼的关键，是要迎合收礼之人的喜好。如果他喜欢珍珠，你却送他玉璧，他喜欢玉璧，你却送他金银，送得再多，也达不到送礼的目的。"

姬发道："卿所言极是。大臣这边好办，无非是些金银珠宝。只是帝辛那边，他什么也不缺，恐怕要费些心思。"

闳夭上前道："听闻帝辛好美色，不如挑几个绝色女子送给他，公子以为如何？"

伯邑考道："好，就这样办吧。"

散朝后,姬发悄悄把太颠拉至一旁,嘱咐道:"你到朝歌后,便去找那算卦先生姜子牙,不惜一切代价,游说他一家迁来西岐。此事办妥,重重有赏。"

太颠会意,道:"好。届时还请公子多赏几杯喜酒啊。"

姬发笑道:"那是自然,到时候多找几个弟兄陪你,我们一醉方休,不醉不归。"

伯邑考到了朝歌,先探听消息,又一一拜访了比干、箕子、微子、费中、恶来等朝中权臣,最后才进宫朝见帝辛。

九间殿上,奉御官启奏:"西伯之子伯邑考求见。"

帝辛声如洪钟:"宣。"

伯邑考进殿后,行三叩九拜之礼,道:"罪臣之子伯邑考,今特意进宫,向大王进献有莘氏美女二十名、骊戎国骏马二十四匹、有熊族驷车九辆,以赎父罪。"

帝辛闻之,曰:"姬昌之举,乃谋反也！若不是念及姑侄之情,早将其斩首了。"

伯邑考奏道:"我父醉酒犯上,幸大王厚爱,得以免死,我等弟兄永世不忘大王之恩。今冒死上陈,求代父罪,望大王成全。倘大王赦我父归乡,我愿为质,留于朝歌,为大王牵马扶镫。"

帝辛道:"众卿议一下,此事该当如何？"

箕子道:"姬昌之子,上朝纳贡,为父赎罪,其孝心可嘉。大王可念其孝心,赦宥姬昌,以彰显我大商仁爱之心。"

微子亦上前道:"所谓君明臣忠,父慈子孝,正可借此明示天下。"

费中亦积极为其美言:"臣闻姬昌被拘羑里后,并无怨言,白天与犯人一起背土筑墙,夜晚则教化同狱之人,可见其确有悔改之意。大王如赦其罪,保其残生,其必永忠大商。"

恶来道:"据报,近来西部、北部方夷又起骚乱。臣思之,不如赦免姬昌,再授其专征权,借力打力,安定西部,也省得劳师远征。"

帝辛看着闻仲,问道:"闻太师,你有什么想法,为何不言?"

闻仲自夫人死后,一直心绪难平,虽谈不上对帝辛多么怨恨,但念及结发之情,亦产生淡出之心,若非帝辛苦苦挽留,早就归田放马去了。见帝辛问自己,忙回过神儿来道:"各位所言极是,臣附议。臣另有一事相奏,昨日闻报,北海反了袁福通等七十二路诸侯,臣欲请命征北。"

帝辛准了闻太师的奏报,接着道:"那就成全伯邑考替父赎罪之心吧!传令下去,免去姬昌之罪,恢复其侯位,并赐其白旄、黄钺,授专征权,继续镇守西岐。伯邑考从即日起,为孤驾车,驭满两年,赦其归家。"

伯邑考谢恩,留在朝歌为帝辛驾车。姬昌被赦,在太颠等人的护送下回到西岐。

镇守淇水关的黄飞虎得到消息后,捶胸顿足,大嚷道:失策啊失策!姬昌此去,必是放虎归山……

第十五回　姜尚献策姬昌
箕子谏言帝辛

姬昌被释归国后，急欲复仇，但周在军事、经济等方面的实力与商相差太大，根本不是商的对手，加之伯邑考尚在帝辛手上，因此只得假意臣服于商。为迷惑帝辛，使其放松对自己的警惕，姬昌在荆山之麓大肆兴建灵囿、灵沼，并招募女童，终日饮酒作乐。

与此同时，姜子牙一家也抵达了西岐。

至西岐后，姜子牙以打鱼为生，生活非常拮据。太颠知晓后，便向姬发建议，让姜子牙入朝做官。姬发想了想，道："好是好，只是贸然提出会有些唐突。这样吧，你找个机会，试探一下散宜生的态度，如能求得他的支持，这事就成了大半。"

一日散朝后，太颠力邀散宜生共饮。席间，太颠向散宜生透露了姬发的想法，散宜生当即拍胸表示："没问题，这个事儿包在我身上。"

翌日早朝，散宜生便向姬昌奏道："臣前些日子至磻溪钓鱼，遇一贤人。姓姜名尚，字子牙，因其先人辅禹治水有功被封于吕，从封姓，也叫吕尚。此人在朝歌屠过牛，在棘津卖过饭，后流沛东海，经历丰富、见多识广，是不可多得之人才。周侯欲治国兴邦，翦商一统天下，此人或可助也。"

姬昌道："我居羑里时，倒也听说过此人。不过一算命先生而已，

127

能有什么奇才大志?"

散宜生道:"周侯之所以不推崇他,是因为不了解他,一旦了解他,便会赏识他,重用他,甚至离不开他。"

姬发帮腔道:"我在朝歌时,也曾听说过此人。舅父曾称赞其'面对光明,他孜孜追求;面对困难,他毫不退缩;面对屈辱,他从不低头;面对沉沦,他亦从不屈服',想来应该不同于常人。"

太颠等姬发说完,也凑上前去,说:"臣听说,姜子牙在江湖沉浮时,还曾到昆仑山修道学艺,且胸怀治国之道,心藏用兵之术,非凡人也。"

姬昌见群臣多有举荐,便道:"我周邦正是用人之际,改日找个机会会会他。若真有大才,定当重用。"

几日后,姬昌见春光明媚,便对群臣道:"今日天气不错,众卿随我到南郊踏青吧。"

散宜生一听,不禁暗喜。

郊外,春和景明,桃李争妍,牧童骑牛走,茶女拎篮忙。

姬昌与群臣边赏阳春盛景,边聊强国大计,不一会儿,就到了渭水北岸的磻溪。

磻溪之畔,垂柳之下,一位七旬老翁正在专心钓鱼。说到钓鱼,这老翁的钓法可谓独特:他的鱼钩是直的,上面不但不挂鱼饵,鱼竿还悬在离水面三尺高的空中。老翁边执竿,嘴里边念叨着:"鱼儿呀,快上钩吧! 鱼儿呀,快上钩吧!"

姬昌拦下众人,独自上前,静立于姜子牙不远处,悠然吟道:"华山高千丈,慕名抬头望。不看鸟雀过,只寻虎熊藏。"

姜子牙乃能掐会算之人,岂会不知来者何人? 但他心明,君臣相处,若不顺心,倒不如归隐山林,故而吟道:"西风起兮白云飘,五凤鸣兮真主到。岁已暮兮无所思,垂竿钓兮乐逍遥。"

　　姬昌见姜子牙猜中了自己的身份,心想,此人果不一般,但你不明说,我也不明讲,于是道:"好一个'垂竿钓兮',青山绿水尽纳囊中。我欲寻师学钓,不知先生可收我为徒否?"

　　不远处一钓友闻言,乐得哈哈大笑:"真是半斤找八两,寻师不思量。一个连鱼钩是直是弯都搞不清楚的老头,竟然还要收徒了。"

　　姬昌讥笑道:"燕雀不知鸿鹄志,犹笑苍鹰振翅高。"

　　姜子牙闻言,便道:"收徒不敢当,闲聊几句而已。"

　　姬昌问道:"先生为何如此钓鱼?"

　　姜子牙答道:"老夫闻君子乐得其志,小人乐得其事。就拿钓鱼来说吧,有的人钓鱼,是为了得到鱼;有的人钓鱼,则是为了寻一地儿,悟一番道理。"

　　姬昌问:"那先生可曾悟到什么?"

　　姜子牙道:"钓鱼是要置饵的,舍不得饵,则钓不得鱼。饵越香,鱼来得越快。当然,不同的鱼又喜欢不同的饵,所谓'名''利''情'。只要猜得透心思,不怕鱼儿不上钩。"

　　姬昌又问:"那山水之间可藏有什么道理?"

　　姜子牙道:"水源深远,水流才会不息;水流不息,鱼虾才会生存,这是自然的道理。树的根越深,枝叶就越茂盛;枝叶越茂盛,果实就结得越多,这也是自然的道理。君臣志趣相投,才能同心,同心才能成就大业,这也是自然的道理。"

　　姬昌与他越谈越投机,又问:"那治理天下,又有哪些道理呢?"

　　姜子牙答道:"器量盖过天下,才能包容天下;诚信盖过天下,才能约束天下;仁爱盖过天下,才能怀柔天下;恩惠盖过天下,才能保有天下;权势盖过天下,才能不失天下;遇事果断、坚毅,如天体运行那样不能改变,如四时更替那样不可变化。这六个条件都具备了,便可治理天下。"他顿了顿,接着道:"天下非一人之天下,乃天下人之天下。为天下人谋利益的,天下人就欢迎他;使天下人受祸害的,天下人就反对他;使天下人遭到杀戮的,天下人就仇视他;顺应天下人意愿的,天下人就归附他;造成天下人贫困的,天下人就憎恶他;使天下人安居者,天下人就把他当作依靠。"

一席话,将姬昌说得激动不已,上前握住姜子牙的手道:"实不相瞒,我乃周侯姬昌是也,今日前来,是为了特地求见圣贤。我祖父古公亶父在世时曾说过,将来会有一位圣人至周,助周邦振兴。先生就是这个人啊,我们盼望您很久了!"

姜子牙微微一笑,却稳坐钓鱼台。

姬昌急切地说:"如今商王失政,天下万民身陷水火之中,本侯想拯救天下苍生,无奈能力有限。闻先生有奇才,特来相请,愿先生助我安天下。"

姜子牙淡然道:"老夫乃草野之人,文不足以定国,武不足以安邦,恐难负重托,恕不能从命。"

姬昌殷切地道:"我倾慕先生已久,憾而未得相见,今虔诚相邀,难道还不足以显示我的诚意吗?"

姜子牙为了试探姬昌,故意道:"宁可直中取,不可曲中求。要去嘛,也行,不过我得坐舟,你若拉纤,我便去。"

姬昌连忙命人寻舟来,亲自将姜子牙扶上去,随后便拉起纤来。

随行的南宫适只道姬昌是去寻那钓鱼老翁闲聊,见两人相谈甚欢,便去一旁的树下看人采榆钱。怎料一回头,姬昌竟拉起纤来,更可恨的是,那老翁竟坦然坐于舟上。南宫适顿时大怒,抽出剑来,指着姜子牙喊道:"老头儿,下来,休得胡闹!"姬昌回头瞪了他一眼,散宜生忙上前拦住南宫适,道:"不得无理。这是在对周侯进行考验,心不诚,则神不灵。"

南宫适郁闷道:"不就一钓鱼老头儿嘛,何至于此?"

　　姬昌拉了七百九十一步,直累得满头大汗,喘不过气。他不得已停下来,用乞求的眼神望望姜子牙。意思是,咋样？看到我的诚意了吧？到这儿行不行？我可是真没劲了。

　　姜子牙看出姬昌的心思,一面下舟,一面笑着说道:"就到这儿吧。你拉了姜某七百又九十一步,我保你周朝江山七百又九十一年。"

　　姬昌一听,忙道:"别别别,别下来,让我再拉你一段吧!"

　　姜子牙却道:"天机已经泄露,万事不可强求。"

　　随后,两人同车回到宫中。姬昌举行隆重仪式,封姜子牙为太师。

　　姬昌对姜子牙非常敬重,曾一日五次登门求教。

　　姜子牙感其知遇之恩,更是鼎力相助。对内,协助姬昌制定了九一租税制等一系列发展经济的措施,为兴兵伐商奠定了坚实的经济基础。对外,建议姬昌伴装臣服,表面上对商谦和恭顺,实则拉拢、分解商之盟邦,使商越来越孤立。

　　由于姬昌推行善政,周边的诸侯国纷纷归附,有不能解决之事亦求姬昌决断,其中最为著名的当属"虞芮之讼"了。虞国和芮国的土地争执解决后,姬昌在诸侯国中的威望更高了。之后,他顺势而下,打败了犬戎、密须等部族,征服了黎、邘等弱小国家,接着吞并了从属于大商的崇,在崇营建新都丰邑,并把都城从岐山南边的周原迁到了丰。

　　这期间,姬发也终成所愿,娶了姜子牙的女儿邑姜为妻。

　　姬昌灭崇的消息传到朝歌,满朝文武为之震惊。崇乃商的忠实盟国,崇侯虎作为帝辛的宠臣,不仅精通兵法,且勇猛无比,可手握炽炭,脚蹈沸汤,力举五百斤。崇城城墙高大,城池坚固,崇侯虎曾多次向帝辛夸口:"如果周人东下,我崇城替大王抵挡上三五年是不成问题的。"可如今,仅短短一个月,崇侯虎就被斩,崇城插上了周的大旗。

　　当时,商臣祖伊正乘马车去崇催收贡赋,半路上遇到许多逃难的民众,经询问,方知崇已落入周人之手。祖伊大惊,迅速掉转马头,赶回朝歌向帝辛报信。

祖伊奏道:"大王啊! 上天恐怕要断绝我大商之国运了!"

帝辛惊道:"此话怎讲?"

祖伊回道:"如果说姬昌吞并泾渭平原上的犬戎、密须尚不值得忧虑,那他越过黄河征服黎、邘就很危险了。如今他又拿下了崇,王都朝歌危矣。臣还听说,黄河以南的虞、芮等方国也望风归附,目前已出现'天下三分其二归周'的局面,实在让人担忧啊!"

帝辛不在乎地说:"姬昌的长子尚在孤手中,姬昌小儿定不敢妄为,暂且让他得意几日,待闻太师从北海归来,再收拾他也不迟。"

祖伊道:"那些自称善知天命的卜师用大龟来占卜,却觉察不到一点凶兆,并非上天不佑我大商,而是因为大王嗜酒、好色,自绝于天,上天才抛弃了我们。大王不测度天性、不遵常法,民众没有不希望大商灭亡的,甚至已经有人在说'上天为什么还不降下惩罚呢?'天命已不再属于大王,这该如何是好?"

帝辛道:"孤不就是受的天命吗?"

祖伊反问道:"大王诛贤良、重奴隶、听妇言、用佞臣、造炮烙、杀臣妻,过错太多了,上天已有所知,难道还会继续福佑吗? 大商怎么可能不灭亡呢?"

帝辛暴怒,道:"一派胡言,把他给孤轰出去。"

祖伊走后,妲己过来安慰道:"小小臣子也敢胆大妄言,真是不知天高地厚,忘了自己是谁了。"

帝辛道:"看来,还是爱妃说得对,治国还须重典。不然,你看这些人的张狂样儿,一个个都跟要翻了天似的。"

妲己道:"大王休要与其治气。要不,妾陪大王去后花园散散心如何?"

帝辛道:"太阳将落,该进小食了,就不去了。"

妲己想要说些什么,张了张嘴,却又咽了回去。

帝辛见了,问道:"爱妃有什么话要说,直言便是。"

妲己道:"箕子在显庆殿教淇妮抚琴,将他留下共进小食如何?"

帝辛道:"父师箕子,上通天文,下通音律,虽是长辈,但谦虚、谨慎。若天下臣子皆如此,我大商永无忧矣。"于是传令:"传父师箕子共进小食。"

小食前,帝辛问箕子:"淇妮琴艺进展如何?"

箕子答道:"淇妮聪慧机敏,很有鼓琴天赋。如今不仅琴理精通,且琴艺娴熟。琴者,音也;音者,志也。琴即是人,人即是琴,琴如其人,琴人相通。"

帝辛道:"王叔不仅善于治国,且重于修身,乃我大商之基石也。"

箕子谦逊地说:"不敢当,不敢当。"

妲己乘机道:"让淇妮抚琴一曲如何?"

箕子看了看帝辛,帝辛喜道:"好啊,让淇妮抚一曲,看其技艺如何。"

淇妮缓缓落座,玉指轻扬,抚于琴上。琴声悠然而起,时而激荡如飞瀑,时而舒缓如流水,时而清脆如珠落玉盘,时而低回如喃喃细语,如天籁之音,入耳净心。

帝辛感慨道:"人生欢乐有几何,对酒赏琴须当歌。"

妲己也赞道:"淇妮之琴清越、婉转,真是大有长进。"

帝辛对妲己道:"爱妃素来喜闻温柔的曲子,近日孤让师涓作了些,哪天练好了我们共赏。"

妲己道:"好。"

随后,四人列鼎而坐,淇妮、箕子坐于帝辛、妲己对面。帝辛拿起一双筷子递给宫女,道:"这是挈方新进贡的象牙筷子,赐予王叔享用吧!"

箕子闻言，有些惶恐地说："恕臣直言，此筷用不得。"

帝辛道："一双筷子，有何用不得？"

箕子道："从俭朴到奢侈容易，从奢侈到俭朴就难了。大王今日用了象牙筷，明日就会觉得陶碗铜盘不相配了，必定要做金壶玉盏、犀角之杯。有了犀角杯、象牙筷这些奢侈之物，还会再吃野菜粗羹吗？当然不会！肯定要吃熊掌、象鼻、豹胎那样的奇珍。吃过奇珍后，必定不会再穿粗布葛衣，住茅草陋屋，而要穿锦衣，住高楼。这样发展下去，欲望越来越膨胀，恐怕耗尽整个天下的财富，也填补不了大王的欲壑啊！如此下去，大王哪里还会把心思用在治理国家上呢？我这个做王叔的，真不忍心看着国家走向衰落啊！"

帝辛本是善辩之人，这会儿竟一时语塞，心想："今日是怎么了，一个个竟都教训起孤来，连进食都不得清净。"

妲己见帝辛脸色不佳，赶紧向箕子使了个眼色，道："用餐之时，不言政事。"并唤宫女："来人，快将筷子换掉。"

祖伊、箕子之言虽不为帝辛所喜，却也让其有所触动。用过小食后，帝辛不禁自忖道："苍天啊，孤当如何办呢？"

第十六回　帝辛田猎沁阳
邑考命断牧场

帝辛对周的扩张本来未放在心上，原想着借力打力，以恶制恶，欲在周与其他方国相互残杀后再出手，坐收渔翁之利。没想到，周竟一举灭了崇，这让帝辛痛心之余，不免有些不安。

"何不召比干与黄飞虎进宫商议一下？"妲己知帝辛心思，遂道。

帝辛道："也是，不能再这样下去了，总得拿出个办法才行。"遂传比干和黄飞虎急速进宫，商议对策。

比干先道："姬昌伐崇，并非针对我大商也，乃与崇长期不和所致。依老臣看，只要修书一封，阐明利弊，姬昌必定罢兵回周。"

黄飞虎道："姬昌老儿，外表忠诚老实，实则不然。大王免其不死亦不知感恩，一封书信又岂能奏效？大王原本就不该放他，更不该授之专征权。依臣之见，宜早下决心，出兵伐周，趁其羽翼未丰之际，永除后患。"

帝辛道："若是早些日子征伐，亦无不可，可如今闻太师率殷洪、晁雷、晁田等人，征战于北海。如现在对周宣战，我大商即会陷入两线作战之中，人马调配与粮草补给恐跟不上，这在兵法上是非常忌讳的。"

比干道："制胜之道，在于攻心。这些年我大商在练兵与粮草储备方面，无人能及，但在攻心方面，则多有疏忽。"

黄飞虎道："两邦之争在于利,两国之交在于兵,没有强兵壮马,讲什么谋略都是空谈。若大王觉得举兵时机尚不成熟,也可先举行一次田猎,杀杀西岐的锐气。"

帝辛喜道："此计甚好,你这便去准备,孤要亲领将士进行田猎,以扬我国威,震慑四方。"

黄飞虎道："臣遵旨。另外,臣还有一事相奏。"

帝辛道："讲。"

黄飞虎道："晁雷、晁田随闻太师出征后,青龙镇、玉门关守将出现空缺,臣欲命崇侯虎之子崇应彪镇守青龙镇,邓九公之女邓婵玉镇守玉门关,不知大王意下如何?"

帝辛道："准。既由婵玉镇守玉门关,可将玉门关改为玉女关。"

这边商周关系急剧恶化,那边伯邑考还在忙于喂马。

一日,辛免神色慌张地来找伯邑考,见四下有人,便将他拉至马厩,低声道："西岐传来消息,周侯病危,让公子想法脱身,回国即位。"

伯邑考哀叹道："帝辛曾许诺,驾车两年便放我归去,可如今都好几年了,却提也不提。堂堂一国之君,却食言与人,君既不君,国也将不国也。"

辛免急道："帝辛不急,公子却等不得。如今之际,我们只有从他身边的重臣入手,请他们为公子通融一二了。"

伯邑考道："眼下,也只能如此了。"

第二天,伯邑考称病,让辛免装成他的样子避于屋中,自己则溜出宫寻比干去了。因是偷跑出来的,伯邑考不敢直接到少师府上拜见,便隐于比干回府必经之路的一棵大槐树后,焦急等待。见比干的马车出现,伯邑考急忙冲车夫挥了挥手,车夫转头向车内说了几句话,便停了下来。

伯邑考急忙上前,欲对比干行跪拜大礼,却被比干拦住。

　　比干绷着脸道:"如今商周不和,大公子不好好待在宫里,怎跑了出来?"

　　伯邑考低着头,轻声将姬昌病重,想请比干从中斡旋,以便让帝辛放自己归国之事说了一遍。

　　比干思量片刻,道:"不妥不妥。前日因周灭崇,大王震怒,若此时提及放你回去,恐大王不仅不会恩准,反而会迁怒于你,不如稍缓几日再说。"

　　伯邑考失望而归。

　　辛免得悉,劝道:"比干所言也有一定的道理,不过我们也不能把所有的希望都放到他的身上。臣以为,应多结交一些权臣,这样我们的胜算便多了些。"

　　伯邑考道:"卿所言甚是,只是我们的身份敏感,恐不易。"

　　辛免道:"臣认为,这世上之官,分为四种:第一种为不收礼而秉公办事之人,第二种为收了礼什么事都办之人,第三种为不收礼也不办事之人,第四种为收了礼也不办事之人。这后两种较少,前两种较多。比干为第一种,生性耿直,他不想给你办的,你就是再求他也没用。费中、恶来则属第二种,敢收敢拿敢办事,如有足够的好处,与我们相交,不是不可能。"

　　伯邑考遂采纳辛免的建议,备了厚礼,趁夜色亲自送至费中、恶来府中。

　　见伯邑考出来,辛免上前问道:"如何?"

　　伯邑考道:"礼已收下,且两人均已答应助我归去,只是帝辛这两日要带群臣去田猎,恐需一些时日。"

　　辛免叹声道:"真是急煞人也!"

　　季秋,帝辛携宠妃妲己、王女淇妮,率文臣武将四百人、士兵近万人,踏着晨露,开赴沁阳。

直行了三日,帝辛一行方至沁阳牧场。

帝辛刚安顿好,便闻箕子求见。

帝辛问:"王叔,占卜结果如何?何时方能捕获大兽?"

箕子道:"今日是来不及了,明日又有雨,出猎的日期放到后日比较合适。后日为上签,应该能捕猎到大的野兽。"

帝辛道:"后日也不错,正好借机修整一番。"

第二日,果真下起雨来,秋雨霏霏,下个不停。帝辛正闷得慌,恶来求见。帝辛不由一喜,这恶来可是解闷的行家。恶来谄媚地笑着,小声道:"大王,臣闻此处不远的神农山上有一求子圣地,曰'龙子门',据说求子可灵了。"

帝辛会意,转向妲己道:"爱妃跟了孤数年,却未曾生育,不如一同前往,求神灵赐福如何?"

妲己道:"好是好,只是下着雨,上山多有不便。"

帝辛指了指门外,道:"这点雨算什么,孤征东夷时,大雨倾盆,孤出其不意去端人方老巢。待生擒贼首无救时,他靴子还没穿上,两只手就被反绑到身后了。"说着哈哈大笑起来。

恶来逢迎道:"大王神勇,又善用奇谋,是隔着窗户吹喇叭——名声在外啊!跟着大王想不长进都难。"

妲己笑道:"你个恶来,嘴比抹了蜜还甜。要不是看你这般乖巧,本娘娘才不冒雨出行呢!"

说走就走,帝辛带了几个贴身侍卫,与妲己、恶来等人向龙子门而去。

有道是,一场秋雨一场凉。秋雨中的神农山空旷幽远,让人仿佛又回到了那遥远的上古时期。

雨中的山路尤为湿滑,妲己的手被帝辛紧紧攥着,一面走一面好奇地问道:"大王,人们为什么那么尊崇神农,把他奉为'三皇'之一?"

帝辛道："'三皇五帝'都是上天派来拯救民众于水火的英雄。单就这神农来说，传说在那个时代，人们都是靠捋草籽、采野果、猎鸟兽为生的，有时吃错了东西便会中毒，甚至身亡，神农的女儿也不能幸免于难。神农痛失爱女后，立志要辨五谷、尝百草、定药性，为民众消灾解难。人们为了纪念神农的奉献精神，便将他尝百草的这座山命名为神农山，还为他修建了神农坛，岁岁祭祀……"

帝辛正说着，妲己忽然指着远处问道："大王，快看，前面那个身披树叶、头生双角的石像，是不是就是神农啊？"

帝辛举目望去，只见神农坛上，一尊石像手捧五谷，端庄而坐，便道："正是炎帝神农。"

顺着山谷攀岩而上，穿南天门，越紫金顶，再向北便是被当地人称为"龙脊长城"的白松岭了，"龙子门"就在白松岭的半山腰处。沿岭而行，两边是刀劈斧削的峭壁和深不可测的幽谷，令人目眩心悸。悬崖上长着古老的白松，红屁股的猕猴在断崖石壁间腾挪跳跃，可谓一松一景，一石一景，一步一景。但景虽美，路却异常难行。只见帝辛在前，被恶来拉着，亦步亦趋；妲己在后，被喜媚扶着，一步一停。这恶来在前面开路，费心费力不说，心中亦后悔不已。本为讨帝辛、妲己欢心，怎料山路如此难行，稍有不慎便会跌落崖下。即便自己无事，帝辛、妲己若有不妥，恐怕这账也要算到自己头上。

好在这样的路并不长，绕了个弯儿，就到了龙子门。这龙子门为两侧通透的天然洞穴，洞里塑了一尊送子奶奶的神像，像前置一香炉，里面香灰满满的，看来前来求拜之人着实不少。

走到洞口，妲己便一步也不走了，坐于洞口的石墩上，长出一口气儿，道："可算是到了。"

过了一会儿，恶来等人就将供台、跪垫收拾得干干净净，并摆上各色供品。喜媚则备好了香，问妲己："娘娘，开始上香吗？"

妲己望向帝辛。

帝辛见状,道:"开始吧。"

妲己伸手接过香,在供台上撙了撙,待香整齐后,便放于烛上点燃,小心地插入香炉中。而后,跪下拜了又拜,口中念道:"望送子奶奶成全,保我子姓江山永固,人丁兴旺。"看着愈燃愈旺的香火,心中生出无限的希望。

拜完,妲己用恳求的眼神望着帝辛,道:"大王,你也来拜一拜吧。"帝辛咧嘴笑笑,捋了下衣襟,屈身跪在妲己身旁。恶来、喜媚等人见帝辛拜神,也跟着跪下,同为帝辛和妲己祈福求子。

帝辛望着旺旺的香火正满怀欣喜,突然其中的一根香从腰而断,折了下来,帝辛不禁惊出一身冷汗,暗想:"不好,这绝非吉兆,不知要应到哪件事上。"

从龙子门出来,雨已停。众人相互搀扶着,一步一惊,下得山来。

山脚下的一座草屋外,一位老翁正在捏泥人。

妲己见一个个泥人千姿百态、栩栩如生,便啧啧赞叹、爱不释手。

恶来见状,掏出一朋贝,递向老翁,道:"全买了。"

老翁头也没抬,道:"不卖。"

恶来"唰"地拔出刀,指着老翁喝道:"怎的,小老儿欺客不成?"

老翁讷讷地说:"这些泥人都是送人的,如相中,拿去便是,从来都不要钱。"

恶来闻言,把刀收回刀鞘,嘲笑道:"这老头,真是傻货一个。"嘴里说着"爱要不要",将那一朋贝扔了过去。那贝跌落地上,碎了大半。

妲己见了,嗔怪道:"山里人憨厚,你也不能欺负他不是?本娘娘罚你,明日带些粮食来,送给老人。"

恶来点头哈腰,连连称"是"。

出了神农山,便是一望无际的怀川大地,到处森林茂密,树木丛生,野兽时出时没。此次的田猎活动,就是在这里举行。

太阳初出,神农山前已列队完毕。帝辛居中,文臣武将在左,王公贵族在右,士兵们环于外围,只见一个个精神抖擞,整装待发。

随着帝辛的一声令下,田猎大军呐喊着,如泄闸的洪水一般,向四面八方奔涌而去。

殷郊与比干的公子子翼带着一队人马领先冲向密林深处。走了没多远,就射猎了一只豹子。随后,又捕获了一些野兔、獾、黄鼠狼等小猎物。又行不远,远远看见两只老虎,殷郊立功心切,欲驱马去追,子翼阻止他道:"且慢,我们恐怕不是这两只猛兽的对手,应先逐之使其分离,再一一攻之。"

殷郊点头道:"子翼所言极是。"遂率领士兵边追边喊,将老虎追得四处乱窜。追了一段时间后,殷郊见其中一只老虎落单,于是拈弓搭箭,只听"嗖"的一声,箭射到了老虎的脖子上,老虎打了个趔趄,负箭而逃。其他人等催马上前,万箭齐发,老虎倒地而亡。

淇妮原本跟在殷郊的身后,怎奈她的马跑得慢,一会儿工夫就落到了队伍的后面。崇应彪怕淇妮有危险,便领了一队人马,护在左右。

淇妮发现了一群鹿,忙追过去,连连放箭,可惜不是射偏了,就是射得太近了,惹得崇应彪在旁大笑。淇妮红着脸,杏目圆瞪道:"笑什么,有何可笑之处?"

崇应彪忍住笑,道:"打猎不能心急,要有耐心,等瞄准了猎物再下手也不迟。"

淇妮不服气地说:"就你懂,行了吧。"说着白了他一眼,催马追鹿而去。追到沁河边时,鹿群遇水停了下来,淇妮抓准时机,一箭射去,其中的一只鹿就像喝醉了酒似的,慢慢悠悠地倒了下去……

淇妮不禁有些得意,收好弓箭,下马要捡鹿。就在这时,一头野猪突然从树丛中蹿出,向她冲来。

崇应彪一看，大叫一声"不好"，擂马向前，举枪刺向野猪。野猪被刺中，在地上打了一个滚儿，便不动了。崇应彪因用力过猛，从马上跌落下来。

另一边，黄天爵正策马飞奔，黄天祥在其后喊道："三哥，等一下。"

黄天爵停下道："何事？"

黄天祥道："如此漫无目的地追捕，纵然命中率高，但耗时长，最终所获猎物亦不会太多，应该想想办法才是。"

黄天爵道："我只想着这些猎物经不起追，跑一跑，体力耗尽了，便会成为我们的囊中之物，却忽略了时间。"

黄天祥道："依我之见，我们应该合而围之：先让士兵们分散开来，形成一个大的包围圈儿，再慢慢进行收缩，将猎物往中间赶，如此一来，既节约了时间，又保证了猎物的数量。"

黄天爵乐道："果真妙计也，就依兄弟之言吧！"

于是，在黄天爵和黄天祥的带领下，士兵们带着猎狗，形成了一个方圆七八千步的包围圈，边驱赶边猎杀。只半日工夫，便擒获了虎一只、狼十九只、狐七只、豹两只，另外还有鹿六百余只，鸡、兔等小猎物若干。

要说捕猎方法最奇特者，当属武庚了。他命侍卫韦逆披上鹿皮，举着鹿头，嘴里嚼着"鹿哨子"发出"呦呦"的声音，发情的雌鹿以为雄鹿在召唤自己，便从四面八方赶来。武庚见鹿群走进射程之内，就命令隐藏的士兵一起发箭，鹿群瞬间倒了一片。武庚大呼："快，快，把鹿血放了，献给父王。"

时过正午，出猎的队伍陆续返回，有用肩挑的，有用车拉的，有用马驮的，一个个收获颇丰。

帝辛喝了碗新鲜的鹿血后，大赞过瘾，随之吩咐礼官清点猎物。

伯邑考正倚着马车打盹，辛免匆匆赶来，推醒他，在他耳边低声道:"西岐来报,周侯薨,姬发继位。"

伯邑考"唰"地一下站了起来,脱口道:"唉,天灭邑考,天灭邑考!帝辛害我,帝辛真是害我啊!"说着,只觉眼冒金星,气血上涌。他四处望望,随手抓起一张弓,扯出一根箭,搭上去便朝着帝辛直射而去。

伯邑考这支箭射得太突然了,帝辛正在看礼官清点猎物,完全没有防备。站在一旁的殷郊见有箭来袭,下意识地扑向帝辛,箭头不偏不斜,正中殷郊的后心,他尚未来得及叫上一声,就倒在了地上……

在场之人大惊失色,帝辛的贴身侍卫"唰唰唰"围拢上去,护卫帝辛的安全。

邓婵玉见伯邑考又搭一箭,忙将头上金钗取下,掷向伯邑考的手臂,伯邑考手腕一颤,手一松,弓箭随之跌落在地。

崇应彪正愁杀父之仇不得报,瞬时两眼血红,冲了上去,举枪便刺向伯邑考的胸口。伯邑考一手捂胸,一手指着崇应彪道:"你……你……"

崇应彪喊道:"你什么你? 西岐小儿,休要猖狂!"说着将枪向外一抽,伯邑考顿时血如泉涌,倒地身亡。

帝辛回过神来,大呼:"快,将这畜生剁成肉酱。"

只见刀起刀落,不多时伯邑考便血肉模糊,失了人形。

第十七回　　姬发孟津观兵
　　　　　　比干西殷巡访

伯邑考惨死的消息传到西岐,群臣纷纷上表,强烈要求出兵伐商,为伯邑考报仇。在各方势力的鼓动下,姬发亦有些心动,想借此机树立自己在大臣中的威信。

姜子牙进言道:"从这次帝辛田猎传递出来的信息来看,目前大商的武器装备非常先进,将士中不乏谋略之才,大军也是很有战斗力的。帝辛虽荒淫残暴,但商终究立国数百年,树大根深。你刚刚继位,根基未稳,不乏伺机夺位之人,如若出师,朝内将出何变故都未可知。依臣看,如今并非翦商佳期,请慎之。"

姬发闻言,暂息了出师之心。

为稳固根基,姬发封其弟周公旦为宰辅,后又重用召公奭、毕公高、姬封、丹季等人,对内实行强国富民政策,轻徭薄赋、省刑减罚、整顿吏治、发展生产,增强周之经济实力。对外,遵从姬昌的遗志,修德行善,争取盟国。比如,针对奴隶频繁逃亡、奴隶主之间因私留奴隶而争斗的状况,大力推行"有亡"和"查阅"制度,将奴隶身上打上印记,规定任何人都不许私自收留逃亡的奴隶,并定期进行检查,发现逃亡的奴隶后即送还原主,此举不仅巩固了周的奴隶制度,也得到了周边诸侯的拥护。

三年后，姬发感觉根基稳固，又问姜子牙道："如今翦商可否？"

姜子牙以为，此时伐商时机虽仍未成熟，但较之三年前，周的实力及在诸侯中的影响力已大为增强，周对商已有了抗衡之力，于是道："现在翦商，虽无完全把握，却也有六七分胜算，可以一试，如形势好则大进，形势不好则退回。"

随后，姬发封姜子牙为军师，全面负责伐商战备事宜。

姜子牙受命后，先巡视了周军大营，做好战前准备，又派出使者奔赴各方国，游说各方诸侯于次年的一月下旬到黄河之滨的孟津会盟，共商大计。

出师前，姬发先率大军至毕原，祭奠姬昌。在姬昌陵墓前，他自立为武王，并追封姬昌为文王。随后，命先锋官南宫适在军前竖起一块写有姬昌名字的木牌，意为此次出征乃姬昌"受天命"的延续，事实上是借姬昌的影响力号令诸侯。

姬发来伐的消息传到朝歌时，帝辛正在摘星楼看妲己跳舞。话说，帝辛最近是日日饮酒寻欢，不思朝政。

朱升见帝辛甚是投入，轻声道："启禀大王，武成王求见。"

帝辛不耐烦地说："去去去，待孤赏完了这曲再奏。"

楼外天寒地冻，室内却暖意融融。只见妲己纤足柳腰忽隐现，额黛青丝笋飞扬，曼纱轻舞舒云手，玉臂葱指宛芷兰，直看得帝辛两眼发直，气血上涌。

妲己又跳了三支舞，帝辛方道："宣武成王。"

黄飞虎疾步上前，道："大王，臣有急事禀奏。"

帝辛笑道："有何急事？看你紧张的。"

黄飞虎道："姬发小儿率四万之众，自毕原出发，假姬昌之名出师讨商，西向而来。"

帝辛不以为然，道："区区四万之众，有何可惧？吩咐下去，让各关隘从容应对便是。"

黄飞虎急切地说:"其人数虽少,却连连夺关,汜水关韩荣已被斩首,为父黄滚镇守的界牌关也已失守,五关已失其二,臣心不安啊!"

帝辛道:"爱卿莫要惊慌。姬发连连夺关,并非坏事,待他孤军深入,我们正可以关门打狗。"

妲己闻之,在一旁道:"大王切不可大意。妾听说,周军乃虎狼之师,还是早做准备、谋划对策为好。"

帝辛听后哈哈大笑,道:"区区一个小邦周,何惧之有?孤三招便可将其制服。奉御官,传令下去,命闻太师、殷洪率师西进,越太行、跨黄河,斜插到周邦的后方去,震慑之。如周军知趣而退,便居北盘踞,虎视其动向。一旦周军渡过黄河,就端掉他的老窝儿,孤不信姬发敢执意向东。另外,命箕子到东殷各方国进行巡访,征集粮草;命比干至西殷各方国进行巡访,动员各方国配合大商主力军与周交战。武成王,你速与穿云关守将陈梧、潼关守将陈桐、临潼关守将张凤联系,告诉他们,如遇周军,不要恋战,待周军渡过黄河,再前后夹击。如此一来,料他插翅难飞。"

黄飞虎称"是"。

箕子、比干受命后,简单收拾了一下,即带着随从连夜上路了。

比干向西,先后巡访了耆、丙、易、基等方国,所到之处,皆受到当地诸侯的热情款待。听闻姬发兴兵反商,大多数诸侯都指责其不仁不义,并表示届时会出兵助商。只有个别方国不太积极,甚至提出这样那样的条件,如要求帝辛重贤任能,实行德政,减免方国劳役、赋税等,不过在比干的大力斡旋之下,这些方国也纷纷表示只要王都有难,也定鼎力相助。

最后,比干来到了耿。耿位于黄河"几"字形大拐弯内侧,往上追溯,乃是商第十四代王祖乙之弟丙所建。相传,商朝前期,因"嫡长继承制"和"兄终弟及制"并存,在王位继承上比较混乱,王室斗争非常惨烈,国家也处于四分五裂之中。丙为回避王族内部纷争,在祖乙从耿迁都至邢时,留在了耿。祖乙感念丙的一片苦心,便让丙在这里立国,定名为"耿",丙便成为耿的第一代国君。

到帝辛时,耿国国君为耿章。

因耿为商的嫡系后裔所建,所以耿章对比干也格外热情。

比干在耿小住了几日,耿章顿顿设宴,日日相陪。

耿章为比干介绍了近年来耿的发展情况,比干为耿章分析了天下大势及当下朝政。谈及帝辛,比干不禁掩面流涕,哀叹道:"先王临终时,将我叫至榻前,将国事托付于我,让我尽心辅助新王。帝辛继位之初,做得还是很不错的,重贤任能,纳谏如流,重农商,厚祭祀,征有苏、克东夷,扩我大商疆土,只是后来渐渐自大起来。因为黄贵妃陪葬一事,他辱杀了重臣商容;因崇侯虎一句妄言,他将西伯囚禁于羑里。纳妲己为妃以后,他宠信佞臣,大兴土木,肆意享乐。前不久,又因在伯邑考的问题上处理失当,造成太子殷郊死于非命,被周抓住把柄,造谣惑众,民众之心多有离散,唉……大商危矣,我心忧矣!"

耿章安慰道:"少师不必过于忧心。以臣之见,依大王的声名和威望,各方国肯定会出手相助的。"

比干道:"从这次巡访来看,多数方国同意出兵相助,应能渡过难关,只是……我有点担心,如大王依旧荒废朝政,任由费中、恶来等奸佞祸乱下去,国之大厦危也! 彼时,恐穷我等之力也难挽救啊!"

耿章劝道:"大厦将倾,非一木所能支也。为人臣者,尽心足矣。"

比干撒开双手道:"我不甘心啊! 论亲疏,我乃帝辛之王叔,亲莫能至,不能舍列祖列宗的基业而不顾;论地位,我官至少师,位高权重,亦不能舍天下民众而不顾。于情于理,都不能眼睁睁地看着这座大厦倾覆啊!"

耿章道："竭力而已,少师也不必过于自责。"

比干喝了口茶,又道："让人忧心的还不止这些。眼下大商人才匮乏、青黄不接。闻仲闻太师,都已六十开外,还在出征。黄滚老将军,戍守边关四十载,连性命都丢到那儿了。就连方弼、方相、晁雷、晁田、雷开、殷破败这些昔日之毛头小伙,也都一个个在往知天命之年里奔。再往后看,一个比一个不成气,横竖没一个能提起来的,如此下去,我大商还能依靠谁啊?"

耿章被比干的一片赤诚之心所感动,道："臣之子伯明,自幼熟读兵书,也稍学得些武艺,如少师不弃,可让他跟随少师,将来或许能为大商尽些力。"

比干握住耿章的手道："按理说,伯明作为独子,不该远行,但为大商之将来考虑,我也就'横刀夺爱'了。"

耿章谦让道："哪里,哪里。伯明跟了少师,亦可多长些见识、学些本领不是?"说着憨诚地笑了笑。

第二天,耿章让伯明带一队人马,随比干回朝歌。

朝歌这边,虽大商又连失三关,但从箕子、比干、闻仲三方传来的消息看,整个局势正朝着帝辛预料的方向发展。

周军在汜水、界牌二关,遇到了顽强抵抗,死伤接近万人。及至穿云关、潼关和临潼关时,几乎没遇到抵抗,死伤也很少。之后,汉水和渭水流域一些方国的援军陆续赶到,周军的兵力得以加强,给养也得到了补充。姬发见周军一路无阻,不禁有些扬扬自得,翦商的信心也满满的。

不久后,周军攻下孟津,兵临黄河。

孟津是扼守黄河咽喉的要塞,距朝歌仅四百里,是征商的重要渡口。

到达孟津后,姜子牙传姬发令,让周兵安营扎寨,就地休整。

两日后,商西部和南部的一些附周方国的援军也赶到了。

姬发见援军多为首领亲率,甚是欢喜,设宴款待他们。

酒过三巡、菜过五味后,姜子牙起身道:"上天帮助民众,为民众设立君主,本欲让他辅助上天,爱护子民,安定天下。可是帝辛继位后,不遵天道,不守祖训,不念民情,日日饮酒作乐,听信妇言,施行暴虐,毁坏天地人道,以致自绝于天,因此上天命文王姬昌对商进行惩罚。不幸的是,文王早逝,大功未成。现在,周民拥戴姬发为武王,继文王之志,替民请命。不知诸位,意下如何?"

来的诸侯中,有的本就与周关系密切,有的与周虽交往不多但与商的裂隙较深,加之都喝了些酒,因此都狂呼起来:"支持周侯姬发称王,鼎力伐商!"

姬发斟了满满一爵酒,举起道:"来,孤敬诸位一爵。"说着一饮而尽。而后他抿了一下嘴,慷慨陈词:"诸位远道而来,孤心怀感激,今日便借此机会说几句心里话。孤听说好人做好事,整天地做还是嫌时间不够用,坏人做坏事,整天地做也是嫌时间不够用。商王帝辛,不遵祖制,不合法度,残害忠良,亲近小人,过度嗜酒,弄得民众命不得活,冤无处申。诸侯们也曾多番劝谏,但帝辛竟说'一切都是天命',毫无悔改之意。俗话说,顺天者昌,逆天者亡,夏桀不能顺从天意,于是上天佑助成汤打败了夏桀。当下,帝辛的罪恶已经远远超过了夏桀,就像往绳子上穿珠子一样,如果一个珠子是一种罪恶的话,那么现在绳子上珠子已经穿满了,穿不下了,因此上天托梦给孤,民众叩头于孤,让孤率领诸位去讨伐他。孤虽不愿伐商,但上天所托也,不敢不从,今日,诸位又鼎力相助,想来事必成也!"

这时,一小国首领踉踉跄跄地站了起来,手按酒坛道:"我说周侯啊,不……不……武王、武王,你征商,我们打心眼儿里拥护你,只是以我们的力量,能不能干过帝辛那老家伙啊?"正说着,由于酒气上涌,嘴里"哏儿"一声,惹来一阵哄笑。

姬发止住笑,清了清嗓子,道:"兵多不足畏,将广不足惧,有罪与无罪的人论输赢,从来都是以德和义来衡量的。帝辛有臣民亿万,亦有亿万条心,孤有臣子三千,但是一条心,因此我敢断言,此次讨伐必胜。"说完姬发又斟一爵,端着酒爵道:"我等受天命而伐商,实乃众望所归也!今日诸位相助,明日孤必厚赏之!"

闻言,一年壮的诸侯"唰"地从座位上站了起来,表态道:"我等坚决听命于武王。来,诸位同饮了此杯!"

第二日,姬发命巫占筮一下渡河的日期和时辰。

姜子牙见巫离去,道:"臣今日清晨四处转了转,见邙山脚下有块平地,臣建议在那里修筑一座土台,在渡河前观兵一次,不知武王意下如何?"

姬发道:"人活着,就是靠一口气,打仗也是靠一口气,此乃士气也。观兵的确有益于鼓舞士气,便依军师所言行事吧!"

姜子牙道:"臣这就吩咐下去,立即准备。"

南宫适道:"昨日夜宴,诸侯们的翦商之心,势不可当啊!"

姬发笑道:"孤也有意借此不可当之'势',一举拿下朝歌。"

正在这时,巫慌慌张张进来禀报:"武王,大事不好!"

姬发忙问:"何事?"

巫神色紧张地说:"臣刚才占筮,结果……结果……"

南宫适急道:"结果怎样?快快说来,真是急煞人也!"

巫望了望姬发,举起手中的蓍草,道:"结果,蓍草的茎两次折断,恐为不祥之兆。"

姬发听后,心中不禁"咯噔"一声。说实在话,周伐商,虽然找了很多借口,但他心里清楚,此举从道义上来讲是在以下犯上,所以从他内心来讲仍是很在乎天意的。

姜子牙却不这样想,他认为周伐商乃有道伐无道,这就是天意,所以他冲巫道:"周伐商乃天命之所归也,何来不祥之兆?勿要胡言,乱我军心。"说着,扯过巫手中的蓍草,掷于地上,然后用脚狠狠地踩了踩。

姬发摆摆手道:"既如此,军师就依八卦推演一个时辰算了。"

算卦对姜子牙来说,的确是小菜一碟。他回去后,依据天干、地支、五行相生相克之理,不费吹灰之力就推演了一个时辰出来。

时辰到了,观兵台也建好了。

这天,姬发在众人的陪同下,健步登上观兵台,慷慨陈词道:"孤的祖先按时祭祀,恩泽民众,对上天是有功德的。文王姬昌像日月一样,光辉普照四方,因此上天命文王灭掉残暴的帝辛,拯救万民。不幸的是,文王早逝,现在上天把这个重任托付给了孤,孤虽然无知又无才,却不敢有丝毫的懈怠。希望诸位齐心协力,助孤完成这一重大使命!"

台下将士闻之,齐声高呼:"周伐商,天命归!周伐商,天命归!"一时间,黄河岸边声浪滔天。

姬发见将士们的情绪被调动起来,遂下令道:"登舟渡河,出发!"

刹那间,黄河河面上千舟竞发,直冲对岸。

姬发立于船头,左手高举战旗,右手紧握黄钺,想到父辈们的夙愿即将实现,父兄之仇也将得报,不禁心潮澎湃。

可是没有想到的是,战船行至河中央时,突然刮来了一阵怪风,那风旋来旋去,把姬发的黄罗伞都吹断了。浪也越来越大,几乎要将船掀翻。姜子牙、闳夭等人赶紧上前,全力保护姬发的安全。勉强行了不远,一道亮光陡然闪过,在空中划出一条红色的弧线,之后,弧线渐尽,风平浪静,船也不再摇晃。

众人皆松了一口气,姜子牙正欲吩咐士兵加速前行,忽听后面有人喊"等一等,等一等",他回头望去,见一条小舟正飞速赶来,舟头站立的乃是神武将军太颠。

太颠登上船后，"扑通"一声跪在姬发面前，上气不接下气地说："不好了，武王，闻仲从北海绕道太行以西，现已从中游渡过黄河，与犬戎交上火了。依臣之见，犬戎远不是闻仲的对手……"

姬发闻言，犹如晴空响起了一个霹雳，自忖："从蓍草折断，到河上怪风，再到黄罗伞折断，皆预示着事有不妙。箕子、比干巡访，耆、丙、易、基等方国与商联手，倒不足虑。但如果闻仲击败犬戎，直入周境，就让人脊背发凉了。"

姬发赶紧召集群臣商议对策。姜子牙道："事已至此，岂能后退？臣的意见是，奋力一搏，与商决战。"

姬发道："与商决战并非不可，但就目前的形势来看，并无实足胜算。目前商有大军七十万，仅朝歌城就有二十万，而周军，出发时仅有四万多人，过五关时伤亡了一些，到孟津后虽然来了一些方国，兵力得以补充，但周与商的力量对比仍然相当悬殊。现在，闻仲又从背后插上一刀，一旦朝歌久攻不下，周军再无后路可言。"

闳夭道："现在攻商的确是太冒险了。"

姬发叹了口气，道："唉，真是天不助孤也！看来，天时还是未到啊！"遂命大军停止渡河。

上岸后，姬发召集周军将领和大小诸侯，宣布退兵。

诸侯们简直不敢相信自己的耳朵，"都已经开始渡河了，为何要退兵？"

姬发不敢明说，谎称道："此乃演练也，诸位与孤同心，孤甚感欣慰。此次劳各位来回奔波，改日必将厚礼相谢。"

有诸侯道："如今士气高涨，何不顺势而进，一举拿下朝歌？"

姬发道："诸位不知天命，其中的玄机慢慢你们就会明白了。总之，现在的时机还不成熟，还不到伐商的时候，我们不能操之过急。"之后,姬发率军归周,诸侯们也都悻悻归国。

周军在回师途中,遭到了商军的围追堵截,伤亡惨重。

各方国回去后可就惨了,帝辛下令:"凡附周者,皆要好好'收拾'。"诸侯们纷纷向周求救,姬发正欲出兵相助,姜子牙却道:"莫要掺和进去,让他们相互残杀好了,这样可以损耗商的实力,对实现周之霸业,是有益而无害也!"说完,两人不禁相视而笑。

第十八回 　淇妮嫁天祥
妲己害姜后

得知姬发临河而退，武成王黄飞虎的心总算落回了肚子里。

贾氏见黄飞虎心情舒畅，便对他说："西岐退兵，大王必定心悦，不如趁机提提天祥与淇妮的婚事，也许就成了。"

黄飞虎道："你所言甚是，只是这提亲之人你可想好了？"

贾氏道："想好了，想好了。我觉得请费氏去再合适不过了，她夫婿微子是王族，父亲费中又是朝臣，夫家、娘家都很体面，必能成事。你看如何？"

黄飞虎道："如此甚好。费中刚升了官，费家人在大王跟前很受宠，费氏还真是个最佳人选，不过……人人都道这'费氏好利'，还须多备些礼物才是。"

贾氏点头道："那是自然，无论谁去，都少不得。"

翌日，贾氏便去宗伯府寻费氏。两人说笑了一会儿，贾氏便把进宫提亲之事说了，费氏爽快地答应下来。

贾氏道："这些年淇妮一直生活在馨庆宫，要不要先问问杨贵妃的意见？"

费氏道："这你就甭管了，我办事，你还有什么不放心的？"

贾氏又奉承了一会儿费氏，方离去。

次日，费氏至馨庆宫。杨贵妃的身子多有不便，听闻费氏拜见，勉强起身，至中厅叙话。

两人先客气了一番，随后费氏便说到了正题上。黄家一门忠烈，黄天祥人才出众，杨贵妃思量是门好亲事，于是说道："儿女成亲，自古都是父母之命。淇妮这边，我可做主。大王那边，你还是找苏贵妃，疏通疏通的好。"

费氏问道："那姜王后那边呢？"

杨贵妃笑道："姜王后那边，你礼节性地问问就行了。她名为正宫，实不理三宫之事，她应该不会赞成，也不会反对。大王怎么决定，就看寿仙宫的意思了。"说着，二人会心一笑。

正如杨贵妃所言，姜王后确实没有表态，费氏就按杨贵妃的指点到了寿仙宫。妲己一听，当即便应承下来，保证促成这门"亲上加亲"的婚事。

事情进展得非常顺利，很快寿仙宫便送出消息："大王同意这门婚事了。"

贾氏大喜，赶紧将黄天祥的生辰八字送交费氏，以选吉日。

帝辛命巫进行占卜，择定婚期为二月十六。

黄飞虎差人送去锦衣玉帛、鹿皮等聘礼，婚事就定了下来。

自此以后，黄府开始杀猪、宰羊、剖鱼、备菜……一天比一天热闹起来。

出嫁前夜，姜王后、杨贵妃、妲己都给淇妮送去了丰厚的陪嫁，帝辛就更不用说了，奇珍异宝挑了又挑、选了又选，装了一车又一车。

比干的夫人陈氏和女儿子娴也去给淇妮送嫁。杨贵妃拉着陈氏的手道："子娴也不小了，听说耿国的那位太子也很不错，还是早日定下的好。"

陈氏笑道："劳娘娘费心，已经定下了，届时一定请娘娘喝喜酒。"

子娴送了淇妮一对镶着绿松石的如意,与淇妮说了好一阵话儿,方离去。

翌日,王女出嫁,迎亲的队伍庞大壮观,送亲的队伍绵延悠长,前来观看的百姓人山人海。

淇妮大婚后,帝辛在摘星楼大宴群臣。席间,群臣皆赞帝辛文韬武略,帝辛笑道:"姬发小儿,也就这点儿出息罢了,不足惧也!"并暗忖:"姬发尚且如此,其他诸侯就更不足挂齿了,四海之内,孤再无敌手了。"

自此之后,帝辛便不理朝政,一心与妲己嬉戏游乐。为哄妲己开心,他让人在朝歌至邯郸之间修造了沙丘苑台,收集大量狗马和珍奇玩物充斥其中,甚至以酒为池,悬肉为林,夜饮不断,与妲己在里面肆意享乐。

一日,帝辛与妲己在摘星楼行乐。席间,妲己对帝辛说:"妾昨夜做了一梦,不知何意……"

帝辛牵着妲己的纤纤玉手道:"何梦?不妨说与孤听听。"

妲己眼波流转,道:"妾梦见树林里有一只熊,走着走着,这只熊竟爬到了树上,还冲妾笑,大王说奇怪不?"

帝辛喜道:"人常说'梦熊生男,梦蛇生女',此乃吉兆也!看来爱妃是要添子了。"

妲己红着脸道:"但愿如此,妾真想多生几子,好为大王分忧解难。"过了一会儿,妲己觉得面热耳赤,便提议去楼外透透气。帝辛携妲己去了楼台。二人凭栏望去,远处太行巍峨,群山绵延起伏;近处沫水之上,行人三五成群,结伴渡河。

突然,妲己拉了拉帝辛的衣袖,道:"大王你看,那边有个老头儿,正背着柴火渡河。"

帝辛顺着妲己的手望去,见一老一少两个樵夫正在涉水过河:老的挽着裤腿,背着柴火正在蹚水。年少的那个,估计是因冬日水寒,脚往水里一伸又立刻缩了回去。老头儿大概是小孩儿的父亲或爷爷,见小孩儿不敢过河,便先背着自己的柴火过去,而后返回,将小孩儿连同小孩儿身上的柴火一起背到对岸。

妲己看后不禁有些生气,道:"大王,这小孩儿太无礼了。他不背老人过河也就算了,怎可再让老人回来背他?"

帝辛道:"爱妃,这你就不懂了!不是小孩儿不懂得孝道,而是老人比小孩儿耐冻。"

妲己疑惑道:"为何老人比小孩儿耐冻?"

帝辛答道:"老人骨髓充盈,骨头硬朗,所以不怕冷。小孩儿骨髓还没长齐,髓不满胫,所以怕冷。"

妲己惊讶道:"骨髓在骨头里,大王怎知?"

帝辛道:"爱妃难道没听说过'老腿老胳膊,一个顶十个'吗?"

妲己撒娇道:"妾不信,你们男人就会骗人!大王也只是听说罢了,除非亲眼所见,否则妾才不信呢!"

帝辛笑道:"这还不简单,爱妃如想验证,将那两个渡河的人带来,打开他们的胫骨看一看,不就清楚了?"说着,就命侍卫下楼,将二人抓来。

只见斧起腿落,两个樵夫还未弄明白怎么回事,就被各砍去了一条小腿……

帝辛"折胫验髓"的事情被传得满城风雨,听闻者皆毛骨悚然,不寒而栗。比干听后,大惊失色,急忙赶往摘星楼,欲寻帝辛问个明白。

比干刚至楼下,便见武庚和侍卫从里面出来。

武庚见是比干,上前问道:"少师此来,可有事吗?"

比干也顾不得多礼,直接道:"三王子,大王可在此处?"

武庚答道:"呀,不巧!父王和苏娘娘刚走,还不到一个时辰。"

比干问："你可知,他们去何处了?"

武庚道："他们是坐七香车走的,恐怕是要远行,至于去往何处,我也不知。"

比干无奈地摇了摇头,暗思道："大王自纳了妲己后,就像丢了魂儿似的,日夜厮守,寻欢作乐。如此下去,怎了得啊? 王后贵为后宫之主,对妲己这样的祸国媚女怎不管教一二? 不行,我得去劝谏一番。"随即掉转马头,朝中宫而去。

比干见过姜王后便直奔主题,道："不知王后听闻大王'折胫验髓'之事没有? 现在,举国上下闹得沸沸扬扬,更有人将摘星楼下的沇水改称'折胫河',以此来宣扬大王的残暴。大王为博妲己一笑,竟如此残害无辜,真是荒唐啊! 为祖宗的江山社稷着想,王后也该劝劝大王才是。"

姜王后苦笑道："劝劝大王? 说得轻巧,如何劝? 这几个月来,除子娴嫁去耿国时大王回来过一趟,其他时间皆整日与那狐狸精腻在一起。我虽为后宫之主,却形同虚设一般。"

比干道："王后说得倒也是实情。可是,我们也总不能眼睁睁看着大商江山就这样被毁掉啊!"

姜王后叹了口气道："当下,像王叔这样,心里装着江山社稷的人已经不多了。就拿立储之事来说,郊儿身亡后,按理儿就该让洪儿接任太子之位,但我几次跟大王提及此事,他都没有应允。朝中大臣,知妲己有孕,猜度太子之位是大王为其腹中胎儿所留,更是无一人奏表此事。王叔你想,妲己如此品性,能生出什么样的好王子来? 再者,大王现已年近六旬,你们难道真的准备辅佐一个黄口小儿吗? 几兄弟将来如有相争怎么办? 外敌入侵怎么办? 难道就这样任由大商起纷争吗?"

比干道："殷洪之事,臣也不是没有考虑过。大王先是让他跟着鲁仁杰练兵,后又让他跟着闻太师出征,按说也是想栽培他,委以重任。想当初大王深山练兵,亦是有远大抱负的,唉……自遇上了这个苏妲己,就像着了魔似的……人,怎么说变就变了呢?"

姜王后道:"我早就说过,像妲己这样的妖女不能娶,昔日你们还说我心胸狭窄,现如今怎样?大王天天被她狐媚所惑,不理朝政,我们见个大王的面都难。"

比干愤然曰:"何尝不是如此啊?在妲己的祸害下,现在连支清净的曲子都听不到了,先祖们传下的乐曲多么雅正啊,可如今呢?大王听信祸妇之言,让人写的那些乐曲,精神颓废,不堪入耳,尽为靡靡之音啊!"

姜王后道:"眼睁睁看着妲己蛊惑圣聪,致我大商江山倾覆,着实心痛。想我大商自汤祖立国,至今已有五百余年,难道真的要断送在我等手中吗?王叔既为我王族血脉,又为朝中元老,应该想想办法才是啊。"

比干仰天长叹道:"唉,臣老矣……"继而,眼含热泪道:"王后放心,臣即便丢掉老命,也要劝大王重振山河。"

恶来得到中宫密报后,伺机跑到沙丘苑台,把姜王后与比干见面一事添油加醋告诉了妲己。

妲己还未听完,就杏目圆瞪道:"真是欺人太甚也!我已远远避开,竟还容不下我,既然如此,休怪我心狠。"遂与恶来密谋一番。

转眼,七夕将至。妲己向帝辛建议,在沙丘苑台举办一次盛大的篝火宴会。帝辛欣然同意,并在妲己的怂恿下,命令后宫妃嫔、宫女、侍卫悉数参加,人数竟然多达三千人。

姜王后本不想参与这种无聊的活动,但又想借此机会再劝说一下帝辛立殷洪为太子,便硬着头皮去了。

华灯初上,笙箫合奏,钟磬齐鸣。帝辛坐在用鹅卵石铺砌的酒池旁,宣布道:"今日乃是家宴,你们不必拘束,就尽情歌舞、开怀畅饮吧!"随后命人将烤好的肉悬挂于林中,一边欣赏歌舞,一边肆意喝酒、吃肉。

妲己依偎在帝辛身旁,一会儿摸摸他的肚子,一会儿用嘴衔着烤肉喂他吃,看得姜王后直摇头。

过了一会儿,妲己向帝辛建议道:"大王,天天如此,妾都烦了,不如换个玩法……"

帝辛轻捏妲己的香腮道:"爱妃尽管说来。"

妲己道:"今晚在座之人皆为大王之亲人近臣,并无内外之分,何不抛去凡尘束缚,与天地共舞之?"

帝辛愣了一下,随即大笑道:"爱妃所言,甚合孤意!"

姜王后闻言,冲妲己厉声道:"胡闹,简直是胡闹,寻欢作乐也就罢了,竟然还要裸舞,如此一来,置礼法于何地?就不怕遭人唾骂吗?"

妲己装作很委屈的样子,望着帝辛道:"大王,平日里你总让妾尊重王后,可她这凶巴巴的样子,简直就像一只老虎,话都不容妾说上一句。今晚,妾不过是替大王着想,想让大王寻些开心,她竟这样呵斥妾。而且……而且,还是当着大王的面……"说着,竟嘤嘤抽泣起来。

帝辛见妲己落泪,心痛不已,责备姜王后道:"你乃一国王后,母仪天下,对内对下都该宽容些才是。今日全是自己人,狂欢一下,有何不可?"遂令在场男女,悉数脱去衣物,戴上面具,赤裸着跳起了北里之舞。

看着周围这些俊男靓女裸体逐奔,妲己不禁转悲为喜,与帝辛一起不住地喝彩叫好。姜王后掩面耻于看,妲己却得意地翘起了嘴角。

妲己见帝辛兴奋不已,便进言道:"今日乞巧节,天上牛郎会织女,是人间多少人向往的一段爱情佳话。既然今日大王与王后同在,何不参与其中,共舞一曲,与民同乐?"

闻听此言,姜王后勃然大怒,道:"狐狸精,休得胡言,我乃一国之母,怎能做如此下作之事?"

妲己驳道:"歌者,乃释放心性之举;舞者,乃强身健体之法。王后日日深居内宫,不解其中之妙,又怎能诬其为下作之事?"

姜王后反问道:"既如此,苏贵妃为何不宽衣解带,与民同舞?"

妲己挑逗性地笑道:"妾这不是有孕在身嘛……不然,即便王后不言,也要为大王舞上一曲。"说着,还用手抚了一下微微隆起的肚子。

正因为妲己这个肚子,才使自己的儿子至今无法继太子之位,这会儿妲己居然又公然挑衅,直气得姜王后嘴唇发青。她指着妲己道:"你……你……你身为贵妃,天天不思正道,净干些狐媚祸国之事,难道就不怕天人共诛吗?"

妲己狞笑道:"哎哟,王后之言可真是感人,如果王后肯解衣一舞,妾定当改过,还会……还会向大王谏言,助殷洪继太子之位,如何?"

姜王后不屑地道:"啊……呸!似你这般蛇蝎心肠,我宁信淇水断流,也不信你会助我的洪儿。"

妲己继续挑衅道:"哎哟,今有大王做证,只要王后舞之于民,妾在此保证,定教导腹中胎儿,将太子之位让给……"

妲己一句一个"腹中胎儿",一句一个"太子之位",句句说到姜王后的痛处。姜王后受到刺激,顿觉气血冲头,她抓起一个盘子,冲妲己喝道:"你这个人面兽心的东西,少给我假惺惺地在大王面前卖乖了,满朝文武谁不知道你是个妖媚惑主的狐狸精!"

妲己见姜王后被激怒,渐入圈套,进一步挑衅道:"怎么,难道你还敢谋害我和大王不成?"

姜王后顿时火冒三丈,咬牙切齿道:"你这个狐狸精,真是气煞我了!"说着,将盘子狠狠地掷向了妲己。妲己早有防备,伸手一挡,盘子换了方向,直砸在帝辛的左耳根处。

帝辛正专注地观看裸舞,不承想突然被砸。他伸手一摸,满是鲜血,于是斥责姜王后道:"你怎么能这样?昨夜妲己说你与少师密谋,欲助洪儿谋篡大王之位,孤还不信。没想到你竟如此心急,今日便加害于孤。"

姜王后见盘子砸到了帝辛,顿时傻了眼,再一听帝辛所言,更慌神了,急切申辩道:"不,不是的,我没有加害大王,是妲己,都是因为妲己这个贱人……"由于气急,慌忙中她抓起案上的一把刀……

妲己见姜王后拿起刀子,遂大喊道:"快来人啊,快来人啊!王后要谋杀大王了!"

侍卫姜环原是恶来早就安排好了的,听到喊声,疾步上前,一锤击在了姜王后的后脑勺上。可怜姜王后,顿时脑浆迸溅,倒地而亡……

第十九回　比干谏而死　箕子狂且奴

　　姜王后惨死，举朝一片愕然。殷洪也受到牵连，被贬为庶人，流放到荒远之地，无令不得回朝。

　　比干对姜王后之死深感自责，常独自喃语："唉……王后是因我而死，是我牵连了她啊！"

　　微子见国势日危，便邀箕子、比干一同商议对策。

　　微子道："大王好酒重色，独断专行，违背了汤祖传下来的德政，祖先创造的伟业正一步步被断送。臣民上下交恶，奸盗横行，父师、少师，我们该怎么办呢？"

　　箕子道："如此危局，当为天数，不能怪我们这些当臣子的。大王自认为天命所受，为所欲为，我们又能如何呢？"

　　比干道："国有难，臣有责，如今最紧要的，不是相互埋怨，而是劝大王回头。我们岂能眼睁睁地看着先祖们创下的基业被断送掉？"

　　箕子无奈地摇摇头道："如大王肯纳谏，为臣者确应积极建言，献计献策，辅佐他治理天下，但如今大王好坏不分、忠奸不辨，我们又能有什么办法呢？"

　　比干道："臣子不能以君王有过就敷衍塞责。若大臣们害怕丢了官位俸禄而不去进谏，小官为保住性命而不敢说话，是国之不幸也！

为人臣者,当以死相谏。"

微子道:"如大王能振奋精神,把国家治理好,使天下太平,即使以死相谏也没什么遗憾,但如果丢掉性命,国家仍旧得不到太平,那就不值得了。"

比干听后无言以对,黯然神伤。

回去后,比干翻来覆去难以入眠。思前想后,总觉得如若不言,有负先王托孤之重。最后,他毅然决定进宫强谏。

比干进殿时,帝辛正坐在美女堆中,饮酒嬉戏。

见比干进来,帝辛醉醺醺地问道:"王叔,何故无旨进宫?"

比干道:"昔日大王初继宝位,修行大义,万民乐业,四海宾服,可谓尧天舜日也。不意大王中途有变,听信谗言,沉湎酒色,长此以往,社稷恐有颠覆之危。今日老臣不避万刃之诛,恳乞大王还朝临政。"

帝辛道:"还朝?还什么朝?孤即便不上朝,一切不都还是好好的吗?

比干道:"大王以为天下还是好好的吗?醒醒吧,大王,今日之商已非昔日。大王可知民众是怎样评论你的吗?他们都说,大王一天到晚只知道喝酒,喝醉了,还大喊大叫,就如树上的知了一般;有时候还在宫里跳来跳去,如煮烫的水、熬滚的汤,没有一刻的安宁。为王者不理朝政,下边的臣子们也都不守规矩,大商已经到灭亡的边缘了。"

帝辛一听怒不可遏,道:"真是一派胡言!谁再无端造谣,就施以炮烙,以警天下。王叔,你身为少师,当明辨是非,岂能听信谣言?"

比干争辩道:"现在不是一两个人在这样说,而是大家都认为大王今日之所为,已经背离了先王的典法。若不悔改,恐怕大祸将至啊!"

帝辛挥挥手,不耐烦地说:"别唠叨了,没那么邪乎。孤累了,你退去吧,有什么话改日再说。"

比干被晾到一边,独自无趣,过了一会儿,无奈而退。

第二天比干又去，帝辛闭门不见，比干一直等到天黑，也未见到帝辛，直急得捶胸顿足，被侍从扶回府第。

夫人陈氏劝他道："现在的大商，就像大厦将要坍塌，仅靠一根柱子是支撑不住的。天命已去，你又何苦这样为难自己呢？"

比干道："先王临终时将幼侄托付于我，让我辅助他安邦定国，保我大商江山稳固。如今大商处于风雨飘摇之中，我岂能不心焦？如社稷果真倾覆，将来我又有何脸面去见先王啊？"

陈氏道："箕子和微子都知道明哲保身，你已六十有三，就不要再折腾自己了。"

比干道："每个人的境况不同，对事物的看法也不同。微子因先王没有传位于他，一直心存不满，与大王并不同心。箕子走的是中立路线，墙上草，随风倒。我跟他们不一样，我是托孤大臣，一生仰慕正义，重义之人不会计较自己的得失，为义而献身，就像回家一样自然，毋庸多思。"

陈氏道："可是不管如何努力，最后可能都是徒劳的啊！"

比干面色凝重，道："别无他法，我现在仅此一条路可行。如果我去进谏，大王就有悔过的可能。如果不去，那他必定是一条道走到黑。凭我一己之力，如能换来社稷复兴、万民安泰，纵是身死，也足矣！"

陈氏听此不吉利之语，赶紧用手捂住他的嘴道："别说傻话了，你为江山社稷、天下大众着想，可是又有谁会为你着想呢？老爷想过没有，如果你走了，留下这一府老幼怎么办啊？"

比干握住陈氏的手，叹道："我也顾不了那么多了，也许有的人来到这世上，就注定是为社稷而来、为万民而去的吧！"

陈氏深知比干的脾气，知道劝他也没有用，便不再言语了。

第三日，比干又去宫中找帝辛，帝辛躲入沙丘苑台。比干寻至沙丘苑台，又被告知帝辛去了摘星楼，比干又急忙赶往摘星楼。

帝辛对比干连日的强谏感到非常厌烦，嗤笑道："王叔，你为何如此固执？天天如此又能如何？"

比干凛然道："君王无道是做臣子的耻辱，劝主改过是臣之本分，明知君王有过而不去劝谏是臣之不忠，害怕死而不言是臣之不勇。老臣身为少师，要尽为臣之大义，即便是死，也要尽忠……"

"够了！孤无道，是暴君，行了吧？你比干忠勇大义，满意了吧？孤究竟何错之有，值得你这样三番五次地来叨扰孤，让孤心烦意乱。"帝辛朝他咆哮道。

比干跪下道："法令是为有罪的人而设的，姜王后没有过错却被处死，殷洪无辜却受到牵连，天下人都为之鸣不平。姜王后乃九侯之女，若九侯前来问罪，我们又给不出一个合理的解释，一旦九侯起兵反叛，我大商东线又将燃起战火。倘若姬发再从西发兵，我大商危矣！"

帝辛不愿听比干多言，吼道："多说无益，你到底想要孤怎么样？"

比干厉声道："万恶之源，唯在妲己。请斩妲己，以正朝纲！"

妲己闻听此言，怒不可遏，从内室夺门而出，指着比干道："大王念你是王叔，本不想与你计较，不料你竟辱骂大王是暴君，难道普天之下，就你一个圣人不成？你满嘴礼义，实则是受了九侯怂恿，与姜王后合谋弑君罢了。你以为你与姜王后私谋就没有人知晓吗？现在姜王后被诛，你怕牵连到自己，便转移视线，嫁祸于我。"说着转向帝辛，边哭边娇生生地说道："请大王为妾做主啊！"

帝辛的一生是千不怕万不怕，最怕妲己掉眼泪。他一看妲己梨花带雨，忙安慰道："爱妃放心，孤乃堂堂一国之主，岂会听他一面之词？"

比干道："大王！万万不可听信妲己的狐媚之言啊！臣秉行善义，一心为国，对大王更是一片赤诚之心，真是恨不得将心掏出来让您看看啊！"

妲己眼珠一转，阴笑道："王叔为人多谋，常以圣人自居，妾听说圣人的心都是七窍玲珑之心,所以聪颖过人。今日王叔正好在此,何不剖开一看究竟?”

比干道:“妖妇,你真是要成精了啊!想我大商多少忠良被害,哪个不是因为大王听了你的蛊惑?你这般作恶,难道就不怕日后白绫勒颈、乱箭穿心吗?”

帝辛挖苦道:“王叔天天开口圣贤,闭口圣贤,标榜忠心,苏贵妃今日仅提了一句,王叔便有这么大的反应,难道是怕了不成?”

比干凛然道:“剖心有什么可怕的?眼看着这锦绣山河,被你这样一个昏君一天天断送,说实话,我这心里比剖心还痛。世上最痛心的事情不是剖心,而是看着自己深爱的国家一步步走向灭亡!如能使大王警醒,老臣虽死又有何惜?怕只怕剖心也换不回你回头,换不回你改过。唉……大商之先祖啊,快把这逆子昏君收了去吧,别再让他祸害百姓了!”

帝辛恼羞成怒,回头对身边的侍卫道:“快去把这狂人剖了,取他的心来。”

比干傲然道:“不劳大王费心!”遂解开衣襟,叱目对侍卫道:“动手吧。”

只见侍卫利剑出鞘,比干胸前顿时鲜血涌出。继而,比干颤颤巍巍地将手伸入腹中,摘心而出,往帝辛面前一掷,倒地身亡。

一代忠臣就这样死去,后世作诗赞曰:

> 批鳞沥血救斯民,为国何曾知有身。
>
> 今古只伤忠谏士,岂知一剑已全仁。

后来,人们为纪念比干,称摘星楼高台为“摘心台”。

比干死后,按理本该葬于沬滨祖坟,但帝辛怕其灵魂到祖先那里告自己的状,便命人反其向,将其尸首拉至朝歌以南安葬。宫人们行了三十五里,又渴又累,便随手指着路边一处洼地道:"就此葬了算了!"

比干棺木一落定,猛然间狂风大作,天昏地暗,飞沙走石将其掩埋。民众皆道老天显灵,称比干墓为"天葬墓"。说来也怪,比干葬时心被摘了,其墓旁长出来的柏树和青菜也都无心,后世称之为"空心柏"和"空心菜"。

子翼闻听父亲被剖心,气得两眼直冒火星,抄起一柄短剑,便要进宫找帝辛报仇。他的妻子妫氏死死拦住他道:"不可,不可,万万不可啊!宫里那么多守卫,你只身前往,岂不是送死吗?"

子翼大喊道:"杀父之仇,不共戴天?不杀帝辛,我还有何脸面活于世上?"说着,挣脱妫氏,疾奔而去。

陈氏得知子翼去找帝辛报仇,大惊失色道:"子翼此去,不仅可能惹上杀身之祸,而且极可能引来灭门之灾,这可如何是好?"她想了一下,一面命家丁前去追赶子翼,一面命婢女护送妫氏出逃耿国。

妫氏道:"我不走,我要留下来照顾太太。生,大家一起生;死,我们也要死在一块儿。"

陈氏抱着妫氏哭成一团,含着泪道:"傻闺女,我一把老骨头了,死有何惜?而你已身怀六甲,你不为自己着想,也得为我们这个家想想,切不可让子翼绝了后、断了血脉啊!"

妫氏无奈,在婢女的搀扶下,连夜逃出朝歌。她们二人星夜兼程,向耿国而去。怎奈妫氏身子越来越重,逃到长林山后,便走不动了。二人见此处树高林密,易于藏身,便寻一山洞暂住下来。饿了就吃松柏籽,渴了就饮涧中水。三个月后,妫氏生下一个男婴。

比干死后,帝辛常常梦见他披头散发,捧着一颗血淋淋的心向自己狠命喊:"昏君,还我命来!昏君,还我命来!"帝辛常常被噩梦惊醒,浑身是汗，难以成眠。

妲己见状，道："看来是比干贼心不死，阴魂未散，只有将其赶尽杀绝，方可永除后患。"

帝辛道："比干不在了，其妻、其子也已经死了，就算他的儿媳逃出去了，又无孙男，何以为惧？"

妲己道："妾听说妫氏逃走时已怀有身孕，按时间推算恐已生产，大王还是命人仔细搜查一下吧！"

帝辛"嗯"了一声，道："有这种事？那还真得防备一二了。"翌日，他便命恶来去寻找比干的后裔，并命其找到后即杀之。

恶来是个头上长疮、脚下生脓的家伙，得令后，带人将朝歌城内外翻了个底朝天，就连妫氏藏身之长林山亦未幸免。见有人盘查，妫氏怕暴露儿子的身份，便指林为姓，指泉为名，道这个孩子名叫林泉，从而躲过了搜查。

比干死后，姬发看到商的内部出现了裂隙，遂派出大批细作潜入朝歌，加大对商的离间活动。这些细作到了朝歌后，秘密与商之重臣联络，许以高官厚禄，拉他们反商奔周。很快，商之太史向挚就被说服，带着商之舆图、法典、祭祀等重要典籍，投奔了周。

随着时间的推移，微子的思想也发生了动摇。一日，他与箕子密谈道："自少师被剖心后，满朝文武再无一人劝谏大王。如今的大商，卿士们热衷于犯法作乱，民众热衷于奸淫偷盗，大商的国典已经丢失，天下也失了伦理纲常，看来真的是没的治了啊！"

箕子道："民众盗窃，多是为生活所迫，虽有罪，却也可恕。今大王自恃天命，连年向外征伐，不仅连增方国的赋税，就连我们的俸禄也减了不少，群臣对此颇有微词。臣子与诸侯乃大商之柱石，若失去了这些人的支持，大商的江山便失去了支撑。"

微子叹了口气，道："大王独断专行，现在再去找他说这些，已经没有任何意义了。我听说,父子之间靠骨肉来维系关系,君臣之间靠道义来维系关系。如果父亲犯了错,儿子劝说三次都没有用,儿子就会落泪。如果君王犯了错,做臣子的劝说三次君王都不听,那君臣之间的道义也就履行完了。如今之情形已经没得救了,就像一个人要去涉水,却找不到渡口,看不到边岸,国家是真的要灭亡了啊!"

箕子慨然道:"你与帝辛本是同父兄弟,你为长兄,且贤能。我原本就看好你,多次劝帝乙立你为嗣,但帝乙以你为庶出为由,不听我言,执意立王后所生的嫡子帝辛,让他继承王位。如当时听我之言,何以能到如此地步?"

微子摆摆手道:"唉,别提了,这都是昔日之事了。既然上天降下灾难,要大商灭亡,我们也没有办法。我在想,如果留下来能够把国家治理好,使天下太平,就是死了也没什么遗憾,但如果死了,国家仍旧得不到太平,那还不如离去算了。"

箕子道:"为人臣者,如果进谏未纳便离去,那是彰显自己的道义,却置君王于不义。不过,你身为大商的宗伯,掌管着宗族事务和王族谱牒,承担着保全宗嗣的重大责任,选择离开也没有错,起码能保全我大商之祭器,保持我族对祖先的奉祀不断绝。可我就不同了,我是决不会向他国称臣的,我要与大商共存亡。"

微子思前想后,最终还是决定离开。他与太师疵、少师强等一起,趁着夜色,抱着宗庙的祭器、乐器逃走了。

祭器是国家权力的象征,祭器丢失是一件非常不吉利的事情。帝辛对此却没放在心上,依旧花天酒地,逍遥享乐。

一日清晨,帝辛从宿醉中醒来,愣了一会儿,向身边的侍臣问道:"今日是什么日子啊?"大家面面相觑,竟一个个都说不出来。

妲己闻言,道:"箕子主管天文和占卜,谙熟历法,不如派人去问问他。"

帝辛便派奉御官陈青去问箕子。

陈青到父师府,见到箕子,传御道:"大王让您去,要您说说今天的日期和星象。"

箕子灵机一动,道:"哎呀,真是不巧,今天我也喝多了,不知道是什么日子。待我酒醒后好好算过,再回禀大王。"

其实箕子不是不知道日期,而是他想:"大王身为一国之君,却日日吃喝玩乐,竟然连时间都弄不清了,可见国家已经很危险了。他周围的人不知道日期,而唯独自己知道,那自己就危险了……"

为保全自己,箕子便假装疯了。他衣衫褴褛,披头散发,趿拉着鞋,整日游荡于朝歌城内,有时与奴隶们混在一块儿,有时抱着一把破琴,将愤懑付诸琴弦,将悲伤化作五音,在桑林里胡弹乱唱……

世人都道上知天文、下知地理的箕子疯了。帝辛信以为真,为顾及王族颜面,他命人将箕子当犯人一样,囚禁起来。

比干剖,微子去,箕子狂且奴……忠直的大臣死的死,逃的逃,装疯的装疯,商出现了宗庙不修、神祇不祭的局面,朝堂逐渐沦为奸佞的乐园。

第二十回　帝辛杀二侯　武王伐朝歌

　　纸里包不住火,姜王后被害的消息最终还是传到了九侯的耳朵里。

　　九侯得悉,身似刀剮,心如油煎,带领几名护卫直奔朝歌,要为女儿讨个说法。

　　九侯至时,帝辛正与妲己、费中、恶来等人饮酒,闻报,急忙让妲己等人退下,宣九侯上殿。

　　九侯跪于阶下,强忍悲愤,山呼万岁。心想,如果大王肯低头认错,立殷洪为太子,此事或可商议……

　　帝辛上下打量了一下九侯,见他无甚反常,以为他尚不知姜王后被害之事,便兜圈儿道:"九侯,你来得正好。近日,太史向挚、宗伯微子等人接连外逃,带走大量的祭器、舆图和机密,着实有损我大商之颜面,孤命你即刻带人前去缉捕。"

　　九侯愕然,道:"大王啊! 你只知命我为你效力,可为何只字不提残害我女之事?"

　　帝辛乃"智足以拒谏、言足为饰非"之人,狡辩道:"你女妄图弑君,孤未追究你教女不严也便是了,现在你却反倒责怪起孤来。孤宽宏大量,不提旧事,你怎能不思王恩而倒打一耙呢?"

九侯气得咬牙切齿，愤然道："你真是胡溜八扯！你害死了我的女儿，难道还要我感恩戴德不成？我姜氏一门，固守边疆数十载，死伤无数，方保得你半壁江山无忧。可你呢？不恤边臣之苦，不念忠良之功，竟听信谗言，残害我女。我女自幼知书达礼，位居正宫后，更是淑惠贤德，母仪天下。你害妻逐子，以狐为朋，以狗为友，身陷沼泽污泥，却不知回头，怪不得天下民众没有一个不盼望大商赶快完蛋的。"

帝辛见强词夺理不能奏效，便凶相毕露，道："好你个九侯，胆敢目无君王，口出狂言。"遂唤身边侍卫道："将此贼绑了，推至南门，施以醢刑！"

可怜九侯，被绳捆索绑推了出去。

刚到南门，正遇上鄂侯前来朝歌朝拜。鄂侯听说九侯无故被绑，将施醢刑，大惊，急忙进宫为其求情。

行至宫门，守卫拦住鄂侯去路，鄂侯救人心切，挥起月牙斧将守卫的长矛砍为两截，直奔而入。

帝辛见鄂侯前来质问九侯受刑原因，道："自古以来，子孝之于父，臣忠之于君，为天下正道。今九侯以下犯上，肆意谤孤，理应受刑。"

鄂侯道："君之于臣，犹鱼之于水，休戚与共。君视臣为肱股，则臣视君为元首。君视臣为草芥，则臣视君为粪土。今大王平白无故醢尸九侯，难道就不怕寒了诸侯们的心吗？四柱倾覆，将来大王靠谁来保大商的江山？"

费中素与鄂侯有隙，遂挑拨道："你与九侯久镇边庭，虽然有功，但也不能不把大王放在眼里。你擅闯王宫，持器上朝，乃大不敬也！难道大王不赦九侯，你还要逼宫不成？"

鄂侯唾了费中一口，叱目道："卑鄙小人！我等在边关浴血奋战，舍命卫国，你等在后方逍遥也就算了，却还要想着法儿蛊惑大王。今大王昏庸，都是因为受了你们这帮小人的蒙蔽。"说完，他又转向帝辛

173

道："请大王速断，将这帮小人斩首示众。如此，或人心可回、天下可安、江山可保！"

费中奸笑道："谁人不知，你与九侯虽分居两处，却实为一党。你二人暗中勾结，意欲连起手来，图谋不轨。"

鄂侯怒道："你血口喷人，真是气煞我也！"说着就举起两柄大斧奔费中而去。费中见状，忙抱头鼠窜，边跑嘴里还边喊："要造反了，要造反了。大王救我，大王救我啊！"

费中乃帝辛宠臣，帝辛怎能坐视不管，只听他大喊道："大胆崇禹，休得猖狂！朝堂之上，竟敢追杀朝廷命官。左右，去给孤卸了他的兵器，推出枭首。"

鄂侯不意帝辛说出这般话来，遂将两柄大斧撂于地上，绝望地喊道："苍天啊，你快睁睁眼吧，不要让这样一个昏君再祸害民众了……"

最终，九侯被施以醢刑，剁成肉酱。鄂侯被施以脯刑，晒成肉干。

所谓种瓜得瓜，种豆得豆，种下灾祸自己受。不日，即传来九侯之子姜文焕、鄂侯之子鄂顺联合东夷旧部造反的消息。帝辛急命黄飞虎和邓九公各领兵十万，一路东征，一路南伐。

淇妮见黄天祥要随父出征，噘起小嘴道："整日打打杀杀，这天下真是永无宁日了。"

黄天祥道："姜文焕反了，已经与天化哥交上手了，我们不去增援，其待他何？"见淇妮依然不舍，安慰道："放心吧，我很快就会回来的。"

淇妮垂首道："你在外一定要万事小心，我和孩儿会好好在家等你的。"

"孩儿，什么孩儿？"黄天祥茫然地问。

淇妮不好意思地拉起黄天祥的手，摸了摸自己微微隆起的肚子。

黄天祥突然意识到自己要做父亲了，大喜若狂，猛地将淇妮抱起来，连着转了好几圈。贾氏见状忙上前制止："你个傻小子，快将淇妮放下来,真是乐傻了,小心孩子！小心孩子！"

黄天祥乐呵呵地走了,淇妮的心也随之空了。

黄飞虎、邓九公前脚刚走,藏身共山的微子就派心腹胶鬲将情报送到了西岐。姜子牙得知商军主力东征的消息后,疾奔王宫,面见姬发道:"武王,朝歌城空,可伐商了！"

姬发大喜,可高兴半截,又心有不安地问:"只是闻太师那边……会不会再出乱子？"

姜子牙道:"据前方探子来报,闻太师在与犬戎交战时受了重伤。商营送出的信息亦说他命不久矣。"

姬发拍案道:"如此甚好,真乃天助我也！"

是夜,姜子牙观天象,见五星聚于房。自尧舜以来,周人一直将房星看作自己的族星,姜子牙据此大做文章,派人四处游说,说出兵伐商是上天之意。但因孟津观兵后,商对附周的小诸侯们进行疯狂报复时周未施援手,所以此次愿意助战的并不多,仅庸、蜀、羌、髳、微、卢、彭、濮等与周族有姻亲的八个方国。

"怎么办？伐还是不伐？"姬发见局势不利,有些犹豫。

"时至则勿疑！"姜子牙道,"此乃天赐良机,孟津观兵时,黄河刚刚解冻,故而渡河不易。此次就不同了,现在河面正好结着厚冰,这是多么好的机会啊！天赐之机如果错过,必后悔不已,就像秋天的枝条转瞬就会干枯、春天的冰凌说融化就会融化一样,时机总是得之难、失之易。因此,我们应好好珍惜这次机会啊！"

姬发下定决心,于是率战车三百辆、虎贲三千人和全副武装的甲士四万五千人,浩浩荡荡地从渭水北岸出发了。

行至首阳山下,队伍突然停下。姜子牙急问何故,士兵来报:"前面有二人拦住去路,要见武王和军师。"姜子牙诧异,与姬发驱车上前,细看究竟。

拦路的二人见姬发及姜子牙到来,忙躬身行礼,其中那位年长者道:"启禀武王,我乃孤竹国国君的长子伯夷,这位是我的三弟叔齐。素闻武王仁义天下,今我们长途跋涉特来投奔,不知武王欲兵往何处?"

姬发见驾前乃是孤竹国互让君位的二位公子,忙拱手道:"原来是夷、齐二位公子,久仰久仰!想必二位贤人也知,今帝辛无道,炮烙无辜、虐杀黎民、诛妻逐子、残害忠良,已经恶贯满盈。孤欲顺应天意,救民于水火之中,这也是无奈而为之啊。"

夷、齐二人听说心目中的明主要出兵伐商,以下犯上,甚是意外,乃上前拦住武王车驾的马头道:"臣闻'狗不嫌家贫,儿不嫌母丑。子不言父过,臣不彰君恶',是故父有净子,君有净臣。商王帝辛是我们的君王,纵有过错,罪不至诛。作为臣子,应尽自己的本分,倾力劝谏,岂可出兵讨伐?"

姬发听罢,言道:"并非不去劝谏,而是劝了也无用。若帝辛能听得进劝谏之言,又怎会发生比干剖、微子走、箕子狂之事?若帝辛能听得进劝谏之言,又怎会发生醢九侯、脯鄂侯之事?有道是君正则臣忠,君不正,又怎能苛求臣忠呢?况且,孤伐商也不是为一己私利。孤已位至王侯,功名利禄皆有之,何故要冒这个险呢?实在是不忍见万民生活于水火之中,才不得已而为之啊!"

姜子牙接着道:"天下者,非一人之天下,乃天下人之天下。帝辛为一国之君,却不修德政,不勤万民,肆意杀戮,难道这样的人还有资格继续为王吗?我们现在是替民请愿,乃正义之师,有何不妥?"

叔齐道:"你们休要狡辩,战争素来就是王侯们的游戏,为民请命只不过是你们的挡箭牌罢了。流血牺牲者,能有几个王侯,到头来苦的不都是民众?试问,是以下伐上流血少,还是以德感君流血少?你们想过没有,你们这样以暴制暴,将会有多少人走上不归路?将会有多少家庭支离破碎？你们这是在踏着他人的血肉之躯谋取个人的虚名啊！"

一席话说得姬发和姜子牙理屈词穷。

闳夭见之，举剑欲刺伯夷和叔齐。姜子牙忙阻止道："不可，此二人虽为愚忠，却也算得上义士，还是将他们拉到一边去吧。"

众将上前，将二人拉至一旁。

二人见周军远去，仍不死心，拼命高呼："以下伐上，可谓忠乎？以臣弑君，可谓仁乎？"可又有谁会停下来听他们的道德说教呢？他们的喊声很快就被大军带起的滚滚尘土湮没了。伯夷、叔齐是很有骨气的。据说，周取得天下后，二人耻食周粟，最后饿死在首阳山上。

一月下旬，周军抵达孟津，会合庸、蜀、羌、髳等反商各国，短暂休息后，大军渡河。

渡河后，姜子牙设坛，姬发进行誓师："将士们，你们一路辛苦了！有道是，天有天道，人有人伦，天地运行不可没有秩序。现帝辛违背天道，自绝于天，朝内大臣，死的死，逃的逃，装疯卖傻的装疯卖傻，留下的全是奸佞小人。他宠信妲己，听信妇言，炮烙宫女，砍掉涉水老少的小腿，这可都是我们的兄弟姐妹和父母孩子啊！更让人气愤的是，他连自己的王后和王叔都不放过，一个被击杀，一个被剖心，想想都让人心寒！前些日子五星聚房，这是上天在昭示我们，是时候诛杀昏君了。希望大家齐心协力，共同完成这上天的使命。"

士兵们闻言，群情激昂。

姬发继续道："古人云，'爱护我的就是君主，虐待我的就是仇敌'。帝辛荒淫暴虐，已成为我们的仇人，不杀他不足以平民愤，不足以慰民心，不足以为人道！将士们，你们说是不是啊？"

士兵们振臂高呼："武王说得对！武王说得对！杀帝辛，平民愤！杀帝辛，慰民心！"

　　接着,姬发又道:"将士们,英勇杀敌吧！用你们的坚毅,用你们的果敢,勇往直前,赢得军功。只要攻下朝歌城,你们就能够凭功请赏!"

　　士兵们受到鼓舞,个个摩拳擦掌,恨不得立刻开战。

第二十一回　战牧野血流漂杵
取朝歌凿断金牛

周军行至宁邑时天降大雪，三日不停。

大军在雪地里艰难跋涉，士兵们直冻得瑟瑟发抖。正行进间，忽然"咔嚓"一声响，姬发的战车倾斜在雪窝之中，随驾的侍卫赶紧围拢上去，手扳肩抵，防止车子翻倒。众将急忙上前查看，发现战车的横轿断为三截，皆感不祥，面露慌恐之色。

姬发更是不安，战战兢兢地问姜子牙道："难道这是上天不让孤伐商吗？"

姜子牙笑道："武王误会了，上天不是这个意思。车轿一折为三，是让我们兵分三路，大雪三日不止，是在为我们的兵马洗尘呢！我们正可借此修造兵器，练兵习武，以利于下步作战。"

姬发听了，频频点头，下令道："宿营休整，磨刀枪、造弓弩、操练兵马。"周军就此驻扎下来，建磨台营、烈杠营、钓台营和朱营四营，白天练兵，夜间修造兵器、整修戈甲。

宁邑南边孟村、习村等几个村的村民，听说武王伐商，纷纷前来，或帮忙磨刀枪，或送粮草，或要求加入队伍……一时间，整个宁邑都在传唱"北营屯兵造弓弩，南村民众磨刀枪。快磨快造伐大商，帝辛倒了民安康"。

周军一路东进,各关战报频频送入朝歌,帝辛对此却满不在乎。鲁仁杰、殷破败见周军已经渡过黄河、兵临宁邑,离朝歌仅一步之遥,急忙进宫,面见帝辛。帝辛满口酒气道:"小邦周真是不知自己几斤几两,上次打到孟津,孤打了个喷嚏,就把他们吓回去了。这才过了几天,又不安分了。爱卿们莫要慌张,只要他们敢来,孤就有办法让其有来无去。"

鲁仁杰道:"这次与孟津观兵时情况有所不同,上次朝歌城内有武成王镇守,外有闻太师与邓九公援助,周军自是不敢冒进。如今我军主力南下,武成王、邓九公分兵而战,无力增援。闻太师又刚刚过世,虽有晁雷接手,但其尚未在军中立威。朝歌城内现仅有守城军一万,且老弱病残居多,根本没有什么抵御力,臣内心不安啊!"

帝辛不以为意,道:"这个好说,让殷破败从东夷俘虏中挑几万个精壮的,补充进去就行了。"

殷破败道:"兵力虽能解决,但无良将也不行啊!"

帝辛道:"既如此,仁杰,孤命你为总督兵马大将军,全权负责选将事宜。好了,速去准备吧。"

朝歌城的民众,听闻帝辛要选将以战周邦,纷纷奔走相告,意欲保家卫国。话说有一隐士姓丁名策,这日正在家中研读兵书,其结盟兄弟董忠、郭宸跑进来道:"丁兄,听说小邦周陈兵宁邑,不日即至朝歌。今大王有难,出榜招士,我二人见家国不保,特来请丁兄出山,共辅王室。"

丁策叹道:"今大王失政,子民离心。你我纵是竭尽全力,恐怕也无用啊。"

郭宸道:"丁兄此言差矣!你我皆为大商子民,食商粮,居王土,天下艳羡。君者,父也!今君父有难,正当报效,不然,君父养我们何用?我们熟读兵书又有何用?"

董忠看丁策还在犹豫，拉起他道："国存与存，国亡与亡。堂堂男儿，即便一死，又有何惜？"

三人后经鲁仁杰引荐，被帝辛委以带兵首领。

忙完选将事宜，鲁仁杰匆匆召集崇应彪、邓婵玉、黄天爵等留守大将，举爵道："我们皆为商将，世受王恩。大王英武，二十年前亲征东夷，才有了我们今日之荣华。今叛逆兵临朝歌，君王陷水火之中，民众受倾卵之危，正是我等尽忠守节之时，不知尔等意下如何？若赞同我所言，请干了此爵。"

崇应彪闻言，仰首将一爵酒饮尽，然后"啪"一声将爵摔于地上，道："不杀周贼，崇某愧为人子！"

众武将纷纷干了爵里的酒。最后，经众人商议，决定把掳来的战俘、奴隶集中起来，发给戈、矛等武器，作为前锋；把朝歌城临时招募的邑人和贵族子弟整编起来，作为中军；再把王都的亲军和帝辛的宿卫军整编起来，为后卫。短短两日，就凑了十七万人。

姬发收到微子送来的情报，得知帝辛正在招兵备战。为争取时间，他命令士兵日夜兼程，加快行军。二月四日拂晓，周军到达了朝歌城南七十里开外的牧野。到牧野后，姬发命令士兵原地休息，准备开战。

军营内，姬发召见姜子牙，道："真是想不到啊，孤竟然打到了大商王畿。两军交战在即，不知军师有何打算？"

姜子牙道："敌众我寡，且又为劳师远征，臣思量再三，觉得只有速战速决，方有胜算，不知武王意下如何？"

姬发道："帝辛用兵，一向以规模宏大、列队齐整而闻名。周军一路拼杀下来，仅剩四万来人，如硬碰硬，必败无疑，宜巧图之。"

姜子牙道："臣欲先以车兵出战，快速冲杀敌阵，使其自乱阵脚，再将步兵分为五个师，随之推进，武王看可否？"

姬发道："善,就依军师之计。"

大战前,姬发登车,左手执白旄,右手持黄钺,再次誓师道："我的友好邻邦的君主,司徒、司马、司空、亚旅、师长、千夫长、百夫长,以及庸、蜀、羌、髳、微、卢、彭、濮等各国的勇士们,你们辛苦了! 如今,帝辛听信妇人之言,唯妲己之言是从,不祭祀祖先,不理朝政,就连自己亲叔、亲哥的话都听不进去了;相反,对那些从我们国家逃过去的奴隶和犯人,他却大量收容,让他们做官,任他们作威作福,胡作非为。帝辛恶贯满盈,罪超乎桀,已经成为名副其实的独夫,不可不伐。今日,孤要执行上天对他的惩罚。将士们! 举起你们的戈,提起你们的盾,挺直你们的矛,奋勇冲杀吧!"

苍茫的牧野大地上,周、商两军很快正面遭遇。两军立即摆开阵势,开始对垒。

帝辛头戴冲天盔,身穿锦锁甲,手提金背刀,登上战车,由雷鲲、雷鹏二人护驾,威震于大军前。

姬发见帝辛披挂而出,不禁有些心虚,以至于面色有些紧张。姜子牙见了,驱车上前,冲帝辛道："想姜某甲胄在身,不能全礼。"

帝辛蔑视道："姜某? 是姜屠夫吧? 你一介贱民,有何德何能,配与孤对话? 闪开,让姬发出来答话。"

姜子牙悻悻地闪到一边。

姬发无奈,只好硬着头皮出阵。

帝辛指着姬发道："你西周一族,起于渭水,聚于岐山,乃我大商之小邦也。先王施恩,封周主为西伯,帝乙归妹,更是传为佳话。昔日你父侯被囚羑里三年,仍感念孤之不杀之恩。不意到了你这儿,竟敢勾连天下逆贼,屠城陷邑,意欲弑君篡位,你就不怕天打雷劈吗? 如此不仁之人,还有何脸面活于世上? 你若知趣,快拿根绳子谢罪去吧,免得在此丢人现眼。"

姬发清了清嗓子,道:"若你勤于祭祀,上天佑助,又岂会有今日之状况?怪只怪你不敬上天,不祀宗庙,以致民心叛离。"

帝辛反驳道:"孤听说小邦周一年要大祭十次,每次要活煮百人以上,难道这就是你们所倡导的周礼,所说的周人重祭祀吗?"

姬发瞠目结舌,想了想又道:"你骄横、奢侈,朝歌暮舞,嗜酒成性,不理政事,岂是为王者所为?"

帝辛道:"喜舞善乐,有罪吗?周人不懂乐舞,没有情趣,反倒指责孤享乐,实在是太可笑了。你们指责孤嗜酒成性,可饮酒何罪之有?恰说明我大商仓廪实、余粮足。别说孤了,邑人们干了一天的活儿还要喝点儿酒解解乏,孤喝几觞酒,又有何罪?"

姬发强辩道:"那你宠信妲己,听信妇言,重用奴隶,总是不对吧?"

帝辛大笑道:"这也是孤的罪状?着实可笑。姬昌一个诸侯,况且十妻百子。孤乃王也,三妻四妾又有何错?说孤独宠妲己,那是孤对爱情忠贞;说孤听信妇言,那是因为妇言亦有对的;说孤重用奴隶,那是因为奴隶中也有贤能之士。汤用伊尹而灭夏,武丁用傅说而中兴,伊尹和傅说皆为奴隶出身,难道你能说这有错吗?"

姬发不甘心,继续道:"你重刑罚、杀无辜,罪状多得数不过来。天下人尽道你为无道昏君,狡辩也无用。"

殷破败见姬发理屈词穷,胡搅蛮缠,乃嗤笑道:"姬发小儿,你常以至德称周,以至恶归王,今你以下犯上,可谓至德乎?你覆军杀将,以至白骨盈野,夫离子散,又有何颜面指责大王?快快下车受降,或可保你全尸,否则别怪我的长枪将你戳成马蜂窝。"

周军大将闻之皆怒。太颠吼道:"老匹夫!两主交谈,何以轮到你插言?"言罢,拍马向前,与殷破败厮杀在一起。只见你来我往,招招致命,几个回合后,殷破败因年老体衰,被取了首级。

帝辛见殷破败惨死,大怒,用手一挥,道:"谁去给孤擒了此贼?"

崇应彪应声而出。作为将门之后，崇应彪从小习武，加之年轻气盛，只战了三个回合，就将太颠挑于马下。正想一枪刺死太颠，不料闳夭一锤过来，拦住了。见此，郭宸、董忠、丁策等商将忙催马过来，南宫适、辛甲、辛免等周将也迎了上去，顿时杀成一片。

董忠不敌对手，被一枪戳伤左胸，败下阵来。

帝辛命人将董忠抬至车前，道："你尽可放心，孤必厚待你及家人。"

董忠淡然一笑，道："好男儿立世，生当保家，死亦为国，让父母妻儿为己荣耀，才不枉来世上一回，只是今后再也不能为大王酿造美酒了。"

帝辛心头一震，道："莫非那个姓董的……孤伐东夷归来时，城南献酒的老翁，可是你的家人？"

董忠道："正是家父。我家中还有些陈年老酿，等大王这次凯旋，再献给大王。"

帝辛闻之动容，道："董家两世忠良，其心可嘉也。"遂命侍卫送董忠回城。

姜子牙见南宫适刀劈了郭宸，辛甲刺伤了董忠，辛免打死了丁策，三将皆胜，便令兵士擂鼓，发起进攻。

周军像潮水般扑了过来，帝辛也被周将团团围住。然而，帝辛毫无畏惧，拎起金背刀，先劈了辛甲，又斩了辛免，诛杀的士兵更是不计其数。不过，毕竟已过花甲之年，纵豪情万丈，怎奈体力不支。雷鲲、雷鹏二人见状，护其左右，奋力杀出一条血路，助其冲出重围。

商军的前锋军由俘虏和奴隶组成。根据鲁仁杰的安排，让这些人作为前锋，本是充当炮灰，削减敌军士气之用，但这些人没有经过任何的作战训练，加之他们被压迫已久，根本不愿为大商卖命，见帝辛突围，纷纷丢下兵器，意欲逃命。鲁仁杰赶紧命令监军鞭笞逃兵，以稳定军心。

牧野之战

姜子牙敏锐地察觉到这一变化,立即下令发起总攻。只见,八十二岁的姜子牙精神抖擞地立于战车之上,率领着三百辆战车驰入商军阵地,如雄鹰展翅,一会儿向东,一会儿向西,一会儿冲到低洼处,一会儿冲到高高的山冈上……大商的战车和马兵都被带走远征了,留下这些手持武器的步兵,根本没有用武之地,还未出手就被碾轧于车轮之下。

牧野大地,顿时血流成河。

紧接着,姬发亲率虎贲军和甲士,一排又一排,一层又一层,排山倒海般掩杀过来……一直鏖战到黄昏,商十七万大军死的死、逃的逃,所剩无几,周军大获全胜。

周军顾不上打扫战场,便直奔朝歌。未承想,朝歌城就像是一座活城,城随梯长。今日攻城时梯子差三尺够不着城墙上沿儿,明日接三尺后再去,仍是差三尺;后日接五尺,城又长五尺……攻城的云梯总是短那么一点。

姜子牙掐指一算,原来问题出在朝歌城外的金牛岭上。

传说这金牛岭是天上一神牛的化身,神牛受玉帝所派,到凡间助帝辛守护大商江山。这头神牛至人间后,白天化身为山岭,守护在朝歌城外,晚上则变回原形,到朝歌城内四处巡游。更有意思的是,它每晚要喝四口井的水,吃四顷田的苗,不过不用担心,只要太阳一出,井里又会涌出水,田里也会长出禾苗来。

姜子牙笑了笑,对姬发道:"朝歌城久攻不下,只因一只老牛在作怪。"

姬发急问:"什么老牛?竟如此厉害。"

姜子牙便将这金牛之事告诉了姬发。

姬发听后,叹道:"天意如此,又当如何是好?总不能就此罢兵吧?"

姜子牙想了想,道:"怪不得有人说'帝辛的江山,铁桶一般'。看来,想拿下朝歌城,必须先收拾了这头金牛才行。金牛断则王气断,王气断则城门开。"于是他调集精干将士,誓将金牛岭拦腰凿断!

一时间,金牛岭上人来人往,上万大军凿的凿、铲的铲、挑的挑……从太阳泛红,一直挖到深夜才停下休息。

翌日一早,士兵们一到岭前,个个都傻了眼,之前被凿的壕沟,一夜之后竟然恢复了原样。

士兵们只好从头再凿,可是到了第二日,依然如此。

这下可急坏了能掐会算的姜子牙,凿不断金牛岭,又如何能打开朝歌城呢?随后,他把士兵们分为两班,日夜不停地凿,不给神牛喘息生长的机会。

一直凿了七天七夜,金牛岭方被凿出一个豁口来。姜子牙大喜,调集了更多的士兵过来。待到第十日清晨,随着一声闷雷般的吼声,神牛的血四处迸溅,巨大的身躯猛地一颤,便再也不动了,至此,金牛岭终于被凿断了。后来,人们将这条壕沟称为"断王口"。断王口周围的土和石头,因为浸染了神牛的血,迄今依旧是红色的。

有道是,"凿断金牛岭,坏了朝歌城"。金牛岭被凿断,大商的王气也就断了;王气断了,朝歌城便成了一座死城。

姬发听闻金牛岭被凿断,喜出望外,即命士兵就地起火造饭,只待次日一早,兵进鹿台,拿下朝歌。

第二十二回　　帝辛败鹿台自焚
武庚封淇窝葬父

鹿台是朝歌城通往朝歌寨的跳板,帝辛来到鹿台,本来是想依靠其三面环山、一面环水之险和朝歌寨上充足的战略储备据守的,他想只要等东征军回来,收拾山下这些乌合之众便不在话下。可是没料到,周军竟以迅雷不及掩耳之势凿断了金牛岭,一点也没有给他喘息的机会。神牛的故事虽然只是传说,但金牛岭的重要性却是实实在在的。一旦金牛岭另一侧的湖水被引流,通过被凿的壕沟下泄,不仅朝歌城会成为一片汪洋,就连他这鹿台也会失去一面屏障。想到这儿,帝辛难免忧心,然而,让他忧心之事并非仅此一桩。

这日,帝辛召集退回来的众将,问:“从淇水关、青龙镇、玉女关撤下来的士兵有多少?”

鲁仁杰答道:“有一万五千来人。”

帝辛道:“把这些人和朝歌寨的队伍以及贵族子弟中的壮男整编起来,以备再战。”

鲁仁杰道了一声“是”,然后说道:“粮草已不足,还需大王亲自过问。”

帝辛转身命费中道:“速从钜桥粮仓调拨十万石粮食给鲁仁杰,不得有误。”

翌日,三处兵力整编完毕,只等军粮送来,就起灶做饭,但一直到日中也未见粮车到来。

众人等得心焦,纷纷道:"区区三十里,该来了啊……怎么还不来呢?"

不一会儿,一前去运粮的士兵慌张而归,连呼:"不好了,不好了……费中他……"

帝辛忙问:"怎么了? 费中他怎么了?"

士兵道:"费中他,他,他和恶来一起,举家逃跑了!"

帝辛惊道:"有这等事? 他们为何逃跑?"

士兵道:"从钜桥调出来的粮食,全都发霉了,他们可能是怕大王怪罪,所以逃跑了。"

帝辛暴怒道:"天啊,这个费中和恶来,真是要害死孤啊! 侍卫,给孤去追,立斩无赦,诛九族! 诛九族!"

姬发听说帝辛粮断的消息后,不禁幸灾乐祸,立即命令将鹿台的出口里三层外三层包围起来。

鹿台的背后就是朝歌寨,帝辛从寨里调来五百名弓箭手,居高临下,来加强鹿台的防卫。大将张魁亲率这些弓箭手,利用地形优势,对周兵进行射杀,但可惜的是周兵身上穿的俱是"阙巩之甲",这种铠甲铁质很厚,箭头根本穿不透。所以凭险而守的商军,尽管矢发如蝗,却怎么也阻挡不了周兵的步步进逼。

眼看从山下攀爬上来的周兵越来越多,满山遍野,黑压压一片,帝辛直感到叫天天不应,叫地地不灵。他万万没有想到自己会败得这么惨、这么快,后悔当初太轻敌了。想到这儿,帝辛抱着头,不禁狮子般长吼一声。妲己闻之,情知大势已去,不禁默默流泪。

帝辛道:"孤自继位以来,征东夷、伐西戎、战南蛮、平北狄,大小征战三十余次,从未败过。却不想,今日会被小邦周困在这里。"

姐己拭了一下眼角,宽慰道:"朝歌寨山高路险,易守难攻,只要据险而守,待到东征军回还,还是有希望扭转局面的。"

帝辛道:"如果手中有粮,这几万士兵,或可阻挡周兵一番,最起码一两个月不成问题。到时,孤的援军就会回来,可如今……真是人算不如天算,一旦粮食供应不上,不出三五日,士兵们就会哗变……唉,恐怕是没有希望了。"

说完,帝辛拎起案上的酒坛,豪饮起来。饮毕,将酒坛掷于地上,慷慨悲歌道:

> 受命成汤,征彼四方,九州皆称王。
> 邦畿千里,四海来朝,宅殷土芒芒。

姐己跟随帝辛十六年,从未见他如此悲情过,自知与他共度温柔乡的时日不多了,遂走上前去,伸出双臂,从后面环抱住他,将脸颊贴在帝辛背上,眼泪簌簌地往外淌。

帝辛扭转身,一把将姐己搂入怀中,紧紧地抱住她。姐己感到窒息,感到自己的身体都快要被挤扁了。她多么希望时间就这么停下来,可以一直被这样抱着,永不分开……

忽然侍卫来报:"周兵已至寨前。"

帝辛猛然松开姐己,唤武庚进来,道:"快,带苏贵妃和杨贵妃上山。这里有孤,你们快走。"

说罢,帝辛披挂而出,挥着金背刀,与周兵厮杀起来。帝辛虽勇武,但周兵实在是太多了,一茬接一茬,似蝗虫一般不断涌上来。帝辛瞋目,似狮子般大吼一声,其声如雷,周兵一时像被吓傻一样,竟一个个呆在那里。

大殿内,武庚催姐己快走,姐己道:"你先去找杨贵妃吧,她腿脚不便,你背上她先走。我收拾下东西,随后赶上。"武庚见形势危急,只得从命。

武庚走后,妲己寻思道:"我在,便是拖累,如我不在,大王便可脱身,来日或可重新得势。"于是,取出三尺白绫,悬于梁上,道一声"大王,妾先去了",自缢身亡。

帝辛听闻妲己身死,心痛欲裂。他仰天长啸:"孤连一个女人都保护不了,留此身还有何用?"说完,踉跄着披上宝衣"天智玉琰",扯下窗前帷幔引燃,殿内瞬间成为一片火海……

姬发赶到时,殿内浓烟尚未散尽。帝辛虽然气绝身亡,但由于天智玉琰的保护,尽管毛发没了,而他的尸首并未完全烧焦,面目尚清晰可辨。姬发上前,拔下宝剑,冲帝辛的尸体连刺三下,并用斧钺砍下他的头,挂于大白旗的旗杆上示众。后来,又找到妲己的尸体,虽然她已经上吊自尽了,但仍砍下她的头颅,挂于小白旗的旗杆上。

朱升见大王身首异处,心有不忍。到了晚上,他趁夜色收走帝辛和妲己的尸首,藏于山洞之中。

次日,姬发的六弟振铎指挥着插有太常旗的仪仗车,四弟姬旦手持大斧,十五弟姬高手持小斧,散宜生、太颠、闳夭手持宝剑,护卫着姬发进入朝歌城。入城后,姬发至社稷坛,站于彩席之上,下令斩杀降臣费中、恶来祭天,并杀牲畜以祭土神和谷神。之后,史佚诵读策文,向上天陈述帝辛的罪状,以示周继商获得王位是合乎天命的。为丑化帝辛,姬发宣布取消其帝的称号,赐其谥号为"纣王"。"纣"乃残义损善之意,是周人对帝辛侮辱、蔑视性的称呼。

微子得知武王灭商的消息后,想着自己报信儿有功,姬发一定会重赏自己。然而他在共山等了好几天,也没见有人来请自己,便决定亲赴周营。

几日后,微子持祭器行至周军军门,肉袒面缚,左牵羊,右把茅,膝行而前向姬发请罪。姬发念其是亲戚，且真心投诚，就赦免了他的罪过，并恢复了他原先的爵位。

微子退下后，姬发命宗祝犒赏将士，然后就如何处置商贵族和遗民的问题征求群臣的意见。

姜子牙道："人常说，如果你爱一座房子，就要连带着爱它上面的乌鸦。如果你爱一个人，就要连带着关心与他有关的人和物。相反，如果你不爱这个人，那么就要将与他相关的人和物统统除掉，就连他所住院子的篱笆、围墙也不必保留。"

姬奭坚定地说："依我看很简单，投顺者留，不投顺者杀。"

姬旦笑笑，道："臣的意见是，既然周取得了天下，商遗民也就成了周的子民，就应该以仁待之，不如让他们各住各的房屋，各种各的田地，给他们以生路。对那些有影响、有仁德的人，则可以争取过来为周所用，如此一来，既能强周，又能分化商贵族的势力。"

姬发听后，很认同姬旦的看法，婉言道："诸位皆言之有理。如今，周初定天下，宜稳定局势，安抚人心。兹命姬奭前往羑里，释放因劝谏纣王而被囚禁的箕子，洗刷其罪名，恢复其名誉。姬高前往释放被关押的无辜民众，修整商容故居，彰显其忠义。南宫适前往鹿台，将没有烧坏的宝物清点入库，再把钜桥粮仓没有发霉的粮食发给饥民。至于武庚，孤欲封其为殷侯，将商遗民及朝歌周围的土地赐予他，保存商的太庙，允许他祭祀商族的祖先。"

散宜生闻之，道："为何不杀之？"

姬发道："一来，孤要以周之仁政代商之暴政，以此来换取人心。二来，周灭商后，虽然民众很高兴，但商遗留贵族却有抵触情绪。他们跟随纣王时，过着锦衣玉食的生活。如今，改朝换代，他们会担心失去既得利益，进而对周的统治心存不满，并由此制造出许多麻烦来。这样的话，倒不如让武庚去管理他们，既能减少麻烦，又能消除遗留贵族的敌对情绪，起到稳定政局的作用。"

"可是,如果将来武庚不老实怎么办?"姜子牙有些担心地问。

姬发道:"这也好办,可以将商的王畿之地进行分割,设为三个诸侯国,在朝歌以北设邶,由八弟姬处来监管。在朝歌以南设鄘,由五弟姬度来监管。在朝歌以东设卫,由三弟姬鲜来监管,形成合围之势,名义上是辅助武庚治理旧地,实际上对武庚起到监视、辖制的作用,以防他为非作歹。"

群臣认为,设立"三监"的确是个好办法。

姬发又道:"商之少师比干,在昏君误国的情况下,尚能心系社稷,置个人生死于不顾,强行谏净,此等大义,须永世倡导。闳夭,明日你便代孤前去为少师墓封土吧。"

闳夭道:"遵命。不过,臣听说子翼之妇现隐居长林山,不知是否需要前往安抚?"

姬发惊诧地问:"有这等事? 真是苍天有眼啊!"于是,派闳夭前去寻找。

几经周折,闳夭终于在长林石室中找到了妫氏母子。姬发听妫氏诉说遭遇后,甚为感动,封其为"英烈夫人",赐比干的孙子为林姓,将其名"泉"改为"坚",希望他将来能秉承祖志、坚贞不屈。后来,又封林坚于博陵郡,授博陵侯,赐户三千,子孙世袭爵位。博陵郡在今河北省安平县一带,因其在古淇水以西,故而亦被称为西河郡,林氏即世居于此。林坚被奉为林姓的始祖,比干则为林姓的太祖。

姬发完成各项部署后,命南宫适和史佚将象征天子权力的"九鼎"迁往镐京,标志着国家政权完成了更迭。

武庚得悉周军离去,姬发不仅没有追杀自己,还将自己封为殷侯,一颗惊恐之心方落定。他回到朝歌的第一件事,便是寻找朱升,探问父亲尸首的下落。

由于山洞荫凉,帝辛和妲己的尸首并未腐烂。武庚命人将二人的尸首运回王宫,停在白虎殿,又问朱升帝辛临终前可有遗言。

朱升道:"大王临终时曾交代,让转告你将他葬于朝歌最低处。"

其实这并非帝辛本意,他是在正话反说,因为他心里清楚,这个儿子最喜欢跟自己抬杠,你让他打狗他偏撵鸡,你让他往东他偏往西。帝辛其实是想葬在高处的,但他深知,如果那么说,武庚没准会把他葬到深潭里喂鳖去,故而正话反说。

武庚闻言,自忖:"我与父王打了一辈子,从未让他老人家高兴过……如今父王去了,说啥这回也得听他一次话,不然,以后再也没有机会了。"于是他叫来自己的心腹韦逆,问道:"朝歌附近,哪个地方最低?"

韦逆随口道:"人常说'人往高处走,水往低处流',应该是有水的地方地势最低吧,就朝歌而言,那就非淇水莫属了。"

武庚一拍大腿,道:"对,淇水最低,就把父王葬到淇水好了。"

淇妮闻之,哽咽道:"我怎么感觉怪怪的,人家死后都想往高处葬,为何父王偏偏要选个低处呢?"

韦逆道:"也许是因为大王觉得自己生前树敌太多,怕死后被他们或他们的后代找到,把他挖出来吧……"武庚瞪了他一眼,韦逆赶紧住口。

后来,武庚命人在淇水正中择了一处深潭,将帝辛并妲己的石棺一块儿葬了进去。

后人有诗云:

不向平原卜寝陵,急滩深处缔佳城。
时时澎湃惊人耳,疑是当年叱咤声。

195

第二十三回　成王立三监叛周
　　　　　　　周公谋殷遗迁洛

　　远征东夷的十几万商军听闻帝辛死讯，绝望之余，亦不知该归往何处。再三思量后，一部分思乡心切的将士，决定归周。黄飞虎和攸侯喜等不愿事周之人，则带领所属及涕竹笋、涕竹舟造船部等数万人东渡大洋，寻找栖身之地。他们中的幸存者最后漂流到了美洲大陆，在扶桑国的拉文塔建立了都城，创造了与商文化极其相似的奥尔梅克文明。他们不愿提及大商，故而对外皆称来自"殷"，后来，被当地人称为殷地安人。

　　黄天祥因念及妻儿，便与一些亲信同返朝歌。

　　淇妮见黄天祥回来，扑入其怀，泪流不止。

　　黄天祥为淇妮拭去眼角的泪水，强作轻松道："不要难过，我这不是回来了嘛，一切都会好起来的……"

　　这时，阿黛怀里抱着的孩子，突然"哇哇"哭了起来。

　　淇妮忙松开黄天祥，抱过孩子，冲黄天祥道："快来抱抱。"

　　黄天祥僵硬地接过孩子，托在手里左看右看，不料孩子哭得更凶了。

　　淇妮苦笑道："天天打来打去，弄得夫妻不能团圆，父子不能相认，何苦呢？"

黄天祥道："男人靠武力征服天下，女人靠征服男人征服天下。你看苏娘娘，虽为女流之辈，自跟了大王之后，朝中多少大臣皆对其阿谀逢迎……不过，话说回来，要不是因为她，好端端的一个大商也不会亡国啊。"

淇妮白了他一眼道："你们男人治理不好国家，就爱把责任推到女人身上。说什么'红颜祸水'，不过都是为自己开脱罢了。"

黄天祥见淇妮不悦，赶紧道："说笑罢了。说真心话，大商之所以灭国，既不是因苏娘娘祸国，也不是因大王怠政，而是因为主力军东征，中原一带防御薄弱，加之一些人叛国，周才得逞。"

淇妮道："大商已亡，说这些也已无用。可恨的是小周邦，为将自己洗白，竟将父王污称为'纣'，这个姬发真是太无耻了。"

黄天祥安慰道："小人得志罢了，总有一天，会有他们好看的。"

听闻黄天祥归来，武庚大喜，特邀他至宫中饮酒。

武庚倒了一爵酒递给黄天祥，道："来，先饮了这爵。"

黄天祥接过，一饮而尽。

武庚重新倒满，道："来，你我二人再饮一爵。"饮毕，黄天祥斟酒，向武庚回敬。

酒过三巡后，两人对坐而食。

黄天祥指着鼎内，道："此为何物，竟如此解馋！"

武庚笑了笑道："哦，此物名为'小苏肉'。"

黄天祥道："'小苏肉'？以前好像未曾听闻，真正一个怪怪的名字。"

仆人解释道："这味菜制作时，是将肉切成片，先炸后蒸。因为苏贵妃惑主误国，民众恨不得让她下油锅，上笼蒸，以解心头之恨。因此将其唤作'小苏肉'。"

黄天祥道："如此说来，此肉不仅可以解馋，而且还可以解恨，那我得多吃几口。"

气氛越来越热络,武庚遂转入正题道:"天祥,你这次回来带了多少人马?"

黄天祥回道:"有三五千人吧。"

武庚又问:"与这些人现在可还有联络?"

黄天祥道:"回来后都各自归家,极少联系。不过……要想找的话,也不难。"

武庚叹道:"亡国奴的日子真不好过啊!周人满口仁义道德,不过是给天下人做个样子罢了。表面上宣称一律平等,实则对我们又歧视又镇压。就拿饮酒来说吧,姬发颁布了一条法令,规定殷人聚众饮酒,发现后格杀勿论,而他们周人如饮酒,仅遣送回周地而已。回去又能怎样? 到最后不还是放了吗?"

韦逆气愤地说:"这帮鸟货,迟早会被少主给灭了。"

黄天祥喝了口汤,道:"你们的心情我理解,我又何尝不想出了这口恶气? 只是现在还不是时候,需要积蓄力量,静待时机。"

武庚举爵,道:"有道理。来,同饮此爵!"

姬发回到西岐后,因担心商之东征军反攻,日日心惊。姬旦闻之,劝说道:"纣王已死,其东征军即便是虎狼之师,亦不足为虑。而今之际,最重要的是如何守住这刚刚打下的江山。"姬发闻听此言,忙与姬旦商议稳定江山的对策。经过反复商议,姬发决定分封姬姓宗室子弟和功臣为列国诸侯。将姜子牙封于齐;将三弟姬鲜封于管;将四弟姬旦封于鲁,号周公;将五弟姬度封于蔡;将八弟姬处封于霍;封姬奭于燕,号召公;将十五弟姬高封于毕,号毕公……总计七十一个诸侯国。周公姬旦为辅佐姬发治理国家,就让他的儿子伯禽去了鲁,自己仍留在姬发身边协理政事。

周公非常善于演戏,据说有一次姬发病了,群臣们都很担心,姜子牙、召公提议去文王庙占筮一下。周公却阻止道："不可，那样做会使先王担忧的。"

召公道："那又当如何？"

周公道："我自有主张。"说完，便装模作样地设立了三个祭坛，周公面北而立，捧璧持圭，向太王、王季、文王祈祷道："你们的子孙姬发，积劳成疾，现在累倒了。如果三位先王需要一个子孙上天助祭，那就让我代武王去吧。我会侍奉鬼神，武王却不会，且武王才能出众，受命于天，要治理天下。他能使你们的子孙生活安定，能让列位先王永享奉祀。现在我通过占筮听命于先王，若你们能答应我的请求，我就将圭璧献上，听从你们的吩咐。若你们不答应，我就把圭璧收藏起来，也不会让别人知道。"

祈祷完毕，周公便走到三王的灵位前进行占筮，结果为吉。周公大悦，即刻进宫将这一喜讯报给姬发。

尽管周公工于心计、搞"舍身换命"，其实一点用也没有，不久之后姬发还是病故了。姬发薨后，按嫡长继承制，由其长子诵继位。可是姬诵年幼，不能担当起治理国家的重任，周公怕诸侯们欺负幼主，便登上王位替其行使王权，主持朝政。

周公的举动遭到了一些兄弟的猜忌，尤其是姬鲜。姬鲜排行老三，如按兄终弟及制，姬发死后他是有机会继承王位的，但姬发把王位传给了诵。由诵继位，姬鲜虽心怀不满，却也无可奈何。可如今大权旁落到老四周公手中，他实在是咽不下这口气。他找到姬度等人，发泄心中的不满，并在外面四处散布流言说："周公并非诚心帮助成王治国，而是想谋篡王位，看来成王命不久矣。"

武庚闻讯，认为这是反周复商的绝好时机，便怂恿管叔鲜、蔡叔度和霍叔处三人，让他们跟自己一起推翻现有政权，匡扶大义。四人虽目的不同，但在反周一事上却达成了共识，随后便分头进行准备。

武庚派黄天祥整编东征军的残余旧部，自己又联络殷商贵族，并联合蒲姑、徐、奄、熊、盈等十七个东部方国，举起反周大旗。

周公迫于朝野上下的压力，不得已回了自己的封地——鲁。

淇妮得知黄天祥又要出去打仗，噘起小嘴，显出很不乐意的样子。

黄天祥安慰道："周室发生内讧，正是反周良机。一旦错过，恐怕再也没有这样的机遇了。成败在此一举，如若成功，大商便可以光复，你我亦能恢复身份。"

淇妮叹道："唉……你们男人啊，天性好斗，一说打仗，就兴奋不已。"

武庚联合"三监"发起的叛乱，声势浩大，严重威胁到了周王朝的安全。召公见形势危急，劝说成王迎回周公，挽救大局。

周公重新主持朝政后，主张用武力讨伐叛乱，遭到部分贵族的反对，周公便作《大诰》，对其进行说服。成王四年，周公亲率大军"二次"东征，最终诛武庚、杀管叔、放蔡叔，废霍叔为庶民，平定了三监之乱。之后，把朝歌及邶、卫、鄘等原来商王统治的中心地区合并到一起，以朝歌为都城设立新的卫国，封康叔为国君，进行治理。

康叔年轻，不会理政，便向周公请教治国之法。

周公耐心教导道："治理国家，就像建造房屋一样，只有先打好基础，房子才能稳固。"

康叔点头，周公又道："你至卫后，一要明德。经常求访那里的贤人长者，汲取商前兴后亡的经验教训，做到勤政爱民。二要慎罚。审理案件时，要结合当地的风俗习惯，一定要让人心服，即便是割鼻子、割耳朵这样的轻刑，也要慎重，不可武断行事。"

康叔连连称"是"。

后来，周公又结合夏、商史鉴，帮助康叔颁布了《康诰》《酒诰》《梓材》三篇文告，作为治国理政的基本准则。同时，他还将参与叛乱的殷

"顽民"以及"三监"之民分而治之：一部分迁到鲁；一部分迁到燕；与商王室有血缘关系的贵族，则被强行迁往洛邑，营建东都。

黄天祥生死不明，淇妮带着儿子黄子硕，被人驱赶着，随众人一起迁往洛邑。曾为贵族的他们在朝歌时过的是锦衣玉食的生活，至洛邑后，则成了牛马一样的奴隶。

周与商的最大区别是，女人的社会地位明显下降，女人也要参加繁重的体力劳动。淇妮的任务是伐木材，每天天不亮就要进山，先将参天大树伐倒，然后再十几个人一起，将木材连抬带滚移至山下，装到车上……一天下来，身子像散了架似的，如不是为了儿子，她恐怕早已一死了之。

"顽民"们整日劳筋苦骨也就罢了，吃的是能映出影子的汤水，稍有差池，还会挨监工的鞭子，暗地里经常会有人鼓动："反了吧，不如我们反了吧！"当然也有人相劝："忍忍吧，忍忍吧，家都没了，还反个啥？"

周公发现这个情况后，连续颁发了好几个文告，对他们既劝诱又威吓。其中一篇文告中这样劝诱劝："把你们迁到这里来，不是我们的错，是因为你们无视法度，叛变闹事，是你们自找的。如今上天怜悯你们，给你们这个改过的机会，你们如果安心建设东都，建成之后，会在洛邑周围分给你们土地，让你们进行耕种。我知道你们中的一些人曾经位高权重，你们放心，只要你们顺从周室，辛勤劳动，将来会从你们当中选一些有才德的人到朝中来做官。放心吧，把你们迁到这里，并不是为了杀掉你们。"

另一篇文告中，周公则告诫道："'顽民'们，我是不想杀害你们的，我只希望你们听话，老老实实地在洛邑建造一座大城。如果你们服从命令，就能得到赏赐，得到土地。如果你们不老实，造反作乱，不仅得不到土地，还会受皮肉之苦，甚至会被砍头。"

周公的软硬兼施，加上成周八师的武力镇压，让"顽民"们逐渐接受了现实。

东都建成后,幸存下来的"顽民"要求周公兑现承诺,在洛邑给他们落实安家之地。周公左右为难:不答应吧,自己曾亲口许诺,还把文告公之于众;答应吧,这些人与周王族生活在一块儿,万一兴风作浪,后果将会非常严重。最后,他想出了一个两全之法,即在瀍河东岸,专门找出一片地方,作为"顽民"居住和买卖的场所,他们居住和制作手工的地方被称作"坊",进行买卖的场地则被称为"市"。当时的市,四面有墙,各墙有门,每个门都有人把守,每天上午击鼓开市,傍晚敲钲罢市。罢市后,市内不许留人,更不准营业,这即是后来坊、市制度的雏形。

"顽民"们虽然有了安身之所,但因他们是殷遗民,周始终也未给他们做官入仕的机会,且给他们的土地也非常少,根本不足以维持生计。为了养家糊口,他们中的一些能工巧匠,便入市经营。没有手艺的人则走南闯北,贩运东西。因他们掌握的是当时最先进的制作技能,故而生产、贩卖的陶器、铜器、骨器均精美实用,深受社会各方的喜爱。渐渐地,周人对他们也不再使用"顽民"这一歧视性称呼,而称他们为"商人"。商人虽掌握着巨大的社会财富,但因为他们是亡国之民,所以社会地位并不高。从周开始还形成了一个习惯,就是以后的历代王朝对商人都要进行抑制。

第二十四回　　微子被封于宋
　　　　　　　　箕子回望朝歌

　　周公摄政的第七年,见成王羽翼已丰,便将朝政大权还与成王,史称"周公致政"。

　　一日,成王召见微子,道:"你本是帝乙长子,一生好德,行孝敬神。对你的德操,孤很赞赏,现欲遵从先王之道,重用你。"

　　微子一听要重用自己,忙叩头听旨。

　　成王继续道:"你先祖成汤,德行高远,对民宽厚,你要牢记于心,谦行效法。今孤重用你,视你为孤的宾客,是要你与周和睦共处,切不可像武庚那样恩将仇报。"

　　微子道:"臣谨记,誓与周世代友好。"

　　于是,成王便将商早期都城商丘一带封与微子,赐国号为宋,准其用天子礼乐祭祀祖先,并一再叮嘱:"至宋后,你要施行德政,教化子民,做好周王室的东方屏障,万不可违背孤的命令。"微子感恩流涕,诺诺而退。

　　微子莅宋,成为宋国以及宋姓的始祖。

　　微子死后,葬于宋国留邑东山上,后人改东山为微山,改东山湖为微山湖。后来,其弟微仲即位。孔子是微仲的第十五世孙,因此他在称誉"殷有三仁"时,将微子排在箕子之前,位列第一。

箕子后来虽然也被封,却与微子不同。

周灭商,姬发命召公解救出箕子后,曾特意向他请教治国方略。

彼时,捷报频传,姬发难免有些自傲,问道:"依你之见,大商为何会灭亡啊?"

对深爱大商的箕子来说,一个"亡"字,足以让他芒刺在背,可人在屋檐下,又如何不得,只好把头一扭,默不作声。

姬发意识到自己失言了,便赶快换了口气道:"上天佑护民众,是为了使天下和睦太平。周之初建,本王对如何治理国家还有诸多不解之处,特来请教,如何才能做到顺天而治?"

闻此,箕子方把头转过来道:"我听说以前鲧采取堵塞的办法治理洪水,扰乱了上天所创造的五行规律,上天震怒,并未将九种治国大法传给他。禹继承鲧之位后,用疏导的方法治理洪水,使天地万物和谐共处,上天便把九种治国大法传授给他。"

姬发忙问:"敢问何为九种治国大法呢?"

箕子答道:"第一,遵从'五行'规律。所谓金、木、水、火、土相生相克,顺之则兴,逆之则亡。第二,注意仪表、谈吐、观察、听闻、思虑'五事'。仪表要端庄,谈吐要得体,观察要明白,听闻要聪敏,思虑要通达。仪表端庄了才会显得谦恭,谈吐得体了才能赢得尊重,观察明白了思路才能清晰,听闻聪敏了才能明辨是非,思虑通达了做事才能圣明。第三,设立农用八政。对食、货、祀、司空、司徒、司寇、宾、师进行专项管理。第四,根据日月运行的规律来校订历法。只有年、月、日、时、节气这'五纪'与日月的运行相吻合,才能正确地指导种植。第五,治国有法。这个法就是'王法',凡是遵守王法的人,王就要赏赐他。凡是违反王法的人,王就要惩治他。"

说到这里,箕子停下,缓了缓气。姬发急迫地问:"那然后呢?"

箕子呷了口茶,继续道:"第六,治理臣民要根据不同的情况采取不同的方法。该以德化之的以德化之,该强硬的时候要强硬,该柔和的时候要柔和。第七,善于借用卜筮排除疑惑。三个人同时占卜,判断不同时,要听取多数人的意见。第八,专心考查各种征兆。下雨、天晴、温暖、寒冷、刮风是天的征兆,如果这五种征兆俱全,并按各自时序发生,草木庄稼就会茂盛生长,政治也会清明,国家亦会太平。如果其中一种天气过多或过少,年成就会不好,政局就会不稳,国家亦会动荡。第九,努力让民众得到长寿、富有、康宁、美德、善终'五种幸福'。竭力避免夭折、疾病、忧愁、贫穷、国势衰微、恶人当道'六种困厄'。"箕子所说的这九个方面,后来被收入《尚书》,称为"洪范九畴"。

姬发听了箕子的一番论述后,竖指赞道:"国有贤臣,社稷之福也。若帝辛能听从此言,绝不会至此也。"随后,许以高位,请箕子归周。箕子对亡国之恨难以释怀,便婉言谢绝了。

不久之后,箕子带着景如松、琴应、康侯、南宫修、鲁启等至交以及朝歌父老五千人毅然离开家乡。他们一路向东,再向北绕过渤海湾,经过长途跋涉,最后到达古朝鲜,并在那里建立了朝鲜历史上第一个王朝——"箕氏朝鲜"。

"箕氏朝鲜"包括今辽东半岛东部和朝鲜半岛北部。箕子到达朝鲜后,在大同江畔的平壤建立了国都,借助带去的能工巧匠,大力推广耕作、制陶、编器、养蚕、纺织等先进技术,促进了古朝鲜的经济发展。同时,积极推行商的礼乐制度。制定公布了八条成文法,对杀人、伤人、偷盗等行为进行打击和防范。当地民众感念箕子教化,将平壤郊外的大同江比作黄河,将永明岭比作嵩山,编成歌儿来赞美他。

姬发听说后,就将朝鲜顺水推舟封给了箕子。起初,箕子对周的封赐是不愿接受的,但随着时间的推移,特别是武王薨、武庚叛乱被平后,他看到仇者已去,复商无望,便逐渐默认了现实。

若干年后,远离故土的箕子,思乡之情越来越重,决定回家乡看看。立于故土之上,箕子看到昔日华丽的宫殿塌的塌、毁的毁,已成废墟,城址上长满了黍、麦和野草,狸鼠乱窜,异常荒凉。

箕子触景伤情,想起帝辛失国的往事和自己的遭遇,不由悲从心起,写下了千古传唱的《麦秀歌》:

> 麦秀渐渐兮,禾黍油油。
> 彼狡童兮,不与我好兮。
> 麦秀渐渐兮,禾黍油油。
> 彼狡童兮,不我好仇。

这里的"狡童",表面上是说顽皮淘气的孩子,实际上指的是帝辛。歌的大意为:当年大商生机勃勃的土地上,现已长满绿油油的麦苗。只可惜,这些已经不是我们大商的了。只因你这个顽皮的孩子啊那时不听我劝,如今才落得这般田地。

箕子边走边唱,不知不觉间双眼已经模糊……